MW01709543

BÉNIE SOIT BRENDA

DE LA MÊME AUTEURE

Portrait de femme en feu, Leméac, 2015.

CLAUDIA GOYETTE

Bénie soit Brenda

roman

LEMÉAC

Ouvrage édité sous la direction
de Jean Barbe

Couverture : conception de Catherine Marchand, d'après une photo de Kajohnwat Srikulthanakij (Shutterstock.com)

Leméac Éditeur remercie le gouvernement du Canada, le Conseil des arts du Canada, la Société de développement des entreprises culturelles du Québec (SODEC) et le Programme de crédit d'impôt pour l'édition de livres du Québec (Gestion SODEC) du soutien accordé à son programme de publication.

Canadä

Tous droits réservés. Toute reproduction de cette œuvre, en totalité ou en partie, par quelque moyen que ce soit, est interdite sans l'autorisation écrite de l'éditeur.

ISBN 978-2-7609-4777-1

© Copyright Ottawa 2018 par Leméac Éditeur
4609, rue D'Iberville, 1er étage, Montréal (Québec) H2H 2L9
Dépôt légal – Bibliothèque et Archives nationales du Québec, 2018

Mise en pages : Compomagny

Imprimé au Canada

À mon amie Cindy

Avant-propos

Ma vie est difficile. Des fois elle est même extra difficile, et j'envie les pauvres des régions du monde où le seul problème est de ne pas avoir l'eau courante. Dans ces moments-là, je maudis mon père. Il avait trop bu, la veille de mon baptême, c'est la seule explication possible. Mais pourquoi personne n'a rien proposé de mieux le lendemain de la veille, après le *steak and eggs* et les douze cafés ? Avant de se rendre à l'église ? Je ne comprends pas. C'est moi qui subis son choix aujourd'hui. Tout le temps. Même quand je ne bois pas. Mon père était encore soûl lors du baptême, c'est évident.

J'ai honte chaque fois : « Bonjour, je m'appelle Brenda. » J'aimerais ça qu'il y ait quelque chose qui vienne après, un deuxième nom pour enterrer le premier ou l'embellir un peu. Mais c'est juste Brenda. Brenda tout court. Et Brenda Bouchard, en plus.

Ma mère voulait m'appeler Marie. Ma mère ne boit presque pas et fait attention à tout ce qu'elle dit. Dommage qu'à cette époque les femmes ne tranchaient pas souvent. J'imagine mon père lui couper la parole en levant bien haut son douzième verre de trop : « On va l'appeler Brenda ! Comme Brenda Lee, *ma* chanteuse de country ! »

Mon père a gâché ma vie.

Brenda tout court

Faut toujours être plus souriante, plus le fun, plus belle, mieux habillée et mieux maquillée quand on s'appelle Brenda. C'est ce que j'expliquais à Donald, pour la douzième fois, pour rien. Ça ne fonctionne jamais avec lui, mes explications. Ni avec personne d'ailleurs.

— Quand t'es gros aussi faut que tu sayes plus le fun.

J'étais découragée. Pourquoi ne me disait-il pas que j'avais raison de me plaindre, que mon père est un imbécile, que personne ne veut fréquenter ça, une Brenda? On ne présente pas « ça » à sa mère ni à ses amis. La preuve, le beau client de la pharmacie venu me demander si je pouvais lui proposer un produit pour cacher son feu sauvage... il riait timidement. À cause de mon *nametag*, c'est évident.

Donald pourrait essayer de comprendre. Je porte un nom laid, alors je suis laide, moi aussi. Tout de suite en me présentant. Ou même lorsque je n'y suis pas :

— Faudrait que j'te présente ma chum Brenda !

— Faudrait que t'oublies ça.

Brenda, ça va si tu chantes des belles tounes de country, mais je vends du *make-up* dans une pharmacie. Ce n'est pas que je sois laide en dehors ni en dedans, c'est que je suis laide dans la tête des gens. C'est pire.

— Tu penses-tu que « Donald », c'est plusse beau? Je les ai toutes entendues : « Le gros Donald,

Donald Duck, Donald Pilon, Donald Trump, Donald McDonald… »

— C'est Ronald, Donald.

— Ronald Donald, debord ! Tu penses-tu que ça pogne, « Donald », quand t'es gai ?

— Mais… comment tu fais, debord ?

— Avec la graine que j'ai, les gars s'en crissent de comment que je m'appelle !

Il me disait ça comme s'il venait de régler mon problème. J'allais faire comment, moi, pour m'en sortir ? Je ne portais qu'un tout petit A.

Ça ne servait à rien de poser la question à Donald, il me dirait de manger plus de poulet « pas bio plein de bonnes hormones ».

— Viens-t'en, là, on s'en va se chercher des gratteux pis d'la Bud, pis on s'en va rejoindre Denise pis Lady pour une *game* de Jenga.

Comme si je pouvais oublier aussi facilement mon calvaire. Donald ne voyait rien de ce que je voyais ni toutes les occasions que je ratais dans la vie, mais ce n'est pas le gars le plus ambitieux non plus. Son prénom lui va comme un gant. Donald. Tout comme sa job à la rôtisserie et ses soirées au bar de danseurs, à attendre le bon moment pour approcher son danseur préféré. Le tripoter un peu aussi, lorsqu'il le peut.

Aucun de mes amis n'a un joli nom. Ça me déprimait de fermer les yeux, de prononcer « Donald, Denise pis Diane » et de ne rien voir de beau. On dit qu'on choisit ses amis, mais ce n'est pas toujours vrai. J'ai accepté sans rien dire ceux qui voulaient bien de mon amitié.

Denise, la toutoune, travaille au comptoir postal, au sous-sol de la pharmacie, à poster des lettres et des paquets partout « même au Japon ! », alors qu'elle n'a jamais quitté son quadrilatère. La chose la plus importante dans sa vie, c'est sa routine. Sa routine, ses téléromans et ses biscuits chinois. Et le beau condo tout neuf qu'elle rêve depuis toujours de s'acheter. Pas d'homme ni de spontanéité. Une « vraie Denise », comme Donald s'amuse à le répéter. Et Diane – qui exige qu'on l'appelle Lady –, la cochonne au chômage depuis que la Ville a installé les nouveaux parcomètres intelligents. Des coupures. Elle rêve de se faire embaucher à la SAQ comme caissière et baise avec à peu près n'importe quoi. Lady ne rêve pas de devenir propriétaire d'un condo, mais d'une moto à trois roues pour aller triper à Rouville la fin de semaine. On est loin de la vie des gens riches et célèbres.

Denise était venue me souhaiter la bienvenue, lors de ma première journée, il y a plus de quinze ans. Même si elle n'était pas officiellement employée par la pharmacie, elle avait insisté pour m'offrir une visite guidée, très détaillée. Après avoir fait le tour du magasin, du comptoir photo et de l'arrière-boutique, avoir fait la connaissance de mes collègues qui ne semblaient pas trop s'intéresser à moi, elle m'avait appris un truc pour mémoriser le contenu de chacune des rangées : « L'ABC de Denise ». Ça me permettrait de classer les produits en sept catégories. « A, B, C, D, E, F, G pour les sept rangées en ordre ! » Denise m'avait tout expliqué. Pour connaître la pharmacie comme le fond de sa poche, elle avait inventé son propre acronyme. Comme ça, elle pouvait répondre à presque toutes les questions des clients, sans même bouger du comptoir postal.

« A » pour « animaux et bébé » ; ça me paraissait bizarre de regrouper les produits pour animaux avec ceux des bébés, mais on les retrouvait effectivement au même endroit, dans la première rangée. « B » pour « bain » ; tous les produits nettoyants pour le corps et le visage, comme l'exfoliant, le savon et le bain moussant. « C » pour « cheveux » ; shampoing, revitalisant, produits coiffants. « D » pour « dent » ; dentifrice, rince-bouche, fil de soie, *et cætera.* « E » pour « élixir », qui désignait la cinquième rangée, celle des médicaments.

Il y avait aussi « F » pour « femme » ; hygiène féminine et tests de grossesse et, enfin, « G » pour

« grosseries », la dernière rangée. « Ça finit par G, les rangées, facque j'avais pas le choix de prendre un mot en anglais pour le manger. » Il était inutile d'assigner une lettre au département des cosmétiques puisqu'on le retrouvait directement à l'entrée, comme le comptoir postal, au sous-sol avec la papeterie et les articles de cuisine. C'était simple à mémoriser, affirmait-elle.

J'étais impressionnée. L'ABC de Denise fonctionnait à merveille. Le gérant de cette époque l'aurait même décorée « Employée du mois » si elle avait travaillé pour lui et non pour la Poste.

Denise m'avait invitée à la rejoindre pour la pause-repas. Je préférais accepter plutôt que dîner seule, mais je regrettais la compagnie des autres filles. On s'était brièvement raconté nos histoires ; j'arrivais tout juste de la Gaspésie et je ne connaissais personne, elle travaillait au comptoir postal depuis une dizaine d'années et n'avait jamais ressenti le besoin de voir ailleurs. Le repas s'était terminé par une invitation à souper, le soir même, à son logement. En semaine, elle se permettait une petite activité sociale le jeudi seulement. Mais pas trop souvent. Je ne savais pas comment refuser.

J'avais apporté un dessert, ramassé en vitesse à l'épicerie dans la section des gâteaux frais, Denise était ultra excitée. On avait bavardé un peu en préparant une salade de thon, avec de l'iceberg, des œufs cuits durs et des tomates cerise. Denise choisirait le castor si on lui infligeait de se transformer en animal – elle pourrait se construire une maison –, adorait son poisson de compagnie, un betta du nom de Ovila, et réparait des peignoirs dans ses temps libres. Ce n'est pas que je m'ennuyais, mais j'aurais préféré parler de gars. Je ne connaissais rien à la couture ni aux poissons, et l'idée de me transformer en animal me rebutait.

On avait mangé nos salades devant la télé, sur des plateaux, parce que Denise ne ratait jamais un épisode de *CSI : Les Experts*, sur Séries +. Sauf si une urgence se présentait. On avait le droit de parler pendant les annonces, elle en avait profité pour me faire comprendre gentiment que je devais quitter aussitôt son programme terminé.

Le lendemain, encore à l'heure du dîner, elle m'avait offert de l'accompagner au bar Chez Roger, rejoindre son amie pour la soirée. Je ne connaissais personne à Montréal, alors j'avais accepté. Les gens qui restent à la maison un vendredi soir sont rejets.

Denise retrouvait Lady tout de suite après le boulot. Son amie nous attendait à la première table près de la porte, vêtue d'un uniforme de la Ville déboutonné jusqu'au nombril. On ne voyait que deux gros seins enveloppés d'une dentelle noire, lasse et fatiguée. C'était vulgaire, mais Denise ne semblait pas choquée pour autant.

Après les présentations, Lady m'avait parlé de son emploi. Elle vidait les parcomètres de leur change et calculait combien d'argent il y avait dedans. C'était long et laborieux, un travail méticuleux. On lui faisait confiance, elle était importante. Puis elle m'avait demandé si j'avais un chum ou si je sortais juste pour cruiser. Sans trop accorder d'importance à ma réponse, elle avait ensuite étalé sur la table tous les hommes avec qui elle avait couché, de Montréal à Cuba. À Cuba, surtout, là où on la vénérait comme la reine du *blow job* des Caraïbes. Je n'avais pas de misère à la croire, Lady faisait de l'œil à tous les hommes qui passaient près de notre table, sauf à ceux en dessous de vingt-cinq ans et à ceux au-dessus de soixante-cinq. Un écart de plus ou moins vingt ans était acceptable.

Elle avait fini par frencher un homme, en fin de soirée, et s'étirait les bras, les jambes et le cou, faisait craquer ses articulations, prétendant se préparer à tout l'exercice qui l'attendait à' soère. Je trouvais ça un peu gênant, mais Denise ricanait.

J'étais partie au moment où la prise de Lady s'apprêtait à se beurrer la face dans la dentelle délavée, Denise m'avait suivie. Sans doute heureuse d'avoir une occasion de rentrer.

Le mardi suivant, Lady m'avait téléphoné pour m'inviter au Pub de la rôtisserie où travaillait son grand chum Donald; son amie Denise ne sortant jamais en semaine, elle comptait maintenant sur moi pour l'accompagner cruiser. C'est à ce moment-là que j'avais constaté à quel point Lady manque de classe. Une vieille cochonne vide d'élégance. Elle s'était même vantée de s'être tapé le père Noël de la Place Versailles, deux ans plus tôt.

— Ah ben! V'là la grosse toute-trempe qui s'en vient cruiser ses p'tits serins! avait crié Donald en la voyant arriver.

Il y avait, en effet, plusieurs jeunes hommes en costume au pub. Lady regardait autour d'elle comme une vieille girouette rouillée, me demandant à qui elle pourrait bien envoyer un *drink*: « C'est lequel le plusse cute que je m'écartille?! » J'essayais de rester ouverte et de ne pas la juger, mais c'était difficile. Je n'ai pas la classe de Martha Stewart, mais je n'utilise pas des termes comme « p'tite graine neuve » en parlant du pénis d'un homme de dix-huit ans ni « vieille crème caillée », pour évoquer le sperme de celui de soixante-cinq ans. J'aime penser que je suis polie et exquise.

Le véritable nom de Lady est Diane. Elle avait exigé qu'on l'appelle « Lady Di » après qu'un copain de Donald l'avait confondue avec Denise, mais Donald avait négocié ça pour « Lady ».

Donald s'était planté devant moi et m'avait tendu une main délicate, des ongles fraîchement manucurés. « Moé, c'est Madonald. » En lui serrant la main, j'avais pris conscience d'une chose très importante. J'avais laissé Denise, Lady et Donald m'emmener beaucoup trop loin. Là d'où l'on ne revient plus. L'amitié provoque parfois une rupture de l'individualité.

Quinze ans plus tard, j'espérais encore que ma vie ressemble à celle des vedettes du *Vanity Fair* un jour. Pour ça, fallait que je change de nom, et mes amis aussi. Rien n'allait changer sinon. Et, si rien ne changeait, je devrais abandonner Donald, Denise et Lady à leur vie misérable et me trouver de nouveaux amis. Ces trois-là ne sont pas faits pour la grande vie de toute façon.

« C'est vendredi ! C'est vendredi ! C'est vin-dre-diiii ! » Denise adore les vendredis. Je n'ai jamais compris pourquoi, on fait toujours la même affaire. Peut-être parce qu'elle peut regarder tous ses téléromans enregistrés durant la semaine en rafale le lendemain, avec un bain de pieds chaud et des rouleaux aux fruits. « Je *fastforde* les annonces, ça fait que j'en ai plus pour mon samedi ! »

Le dimanche, Denise lave et sèche ses cheveux, change l'eau du bocal à poisson et feuillette ses numéros de *Vanity Fair* favoris. Puis viennent les bâtons de céleri au Cheez Whiz, la lecture des petites annonces du journal, une pause-café et, enfin, son *fortune cookie* hebdomadaire avant d'aller au lit. « Un biscuit chinois le dimanche, ça donne le ton de la semaine ! » Tendres plaisirs réservés aux week-ends. « Dans' vie, si t'as pas de routine, t'as rien de solide. » Les soirs de la semaine sont consacrés aux tâches ménagères – « Mon plancher, y brille avec mon huile Murphy ! » –, à la chasse aux aubaines – « C'est la saison d'la ratatouille ! » –, et aux grandes mésaventures – « Pourquoi les piments rouges sont jamais le même prix ? »

Mes week-ends ne sont pas plus glorieux, mais je ne m'extasie pas chaque vendredi non plus. À part ma job de cosméticienne à la pharmacie, de dix à six du lundi au vendredi, à faire ce que j'ai à faire, à dîner avec Denise dans la salle des employés, devant les mêmes posters de motivation – un soleil, un sage

Tibétain, une profonde citation : « Rien de grand ne s'est accompli dans le monde sans passion » –, et à attendre que ça passe ; je n'ai pas de routine. Rien de solide. Je ne sais jamais quoi faire la fin de semaine, sauf des tâches ménagères et des commissions ou, si je suis chanceuse, magasiner avec Donald et ses tantouzes. Les regarder se pâmer devant les petites théières, les verres en cristal et les figurines de porcelaine. « Quel magnifique objet ! » Les CD usagés, aussi. Des racks et des racks de souvenirs empoussiérés :

— Regarde ce que j'ai trouvé, mon beau Donald ! Le premier disque de Madonna ! Ça te tenterait pas de nous ramener ta Madonald pis de nous faire une p'tite chorégraphie ?

— Starte-moé pas avec Madonald, toé ! J'veux pus jamais n'en entendre parler, je te l'ai dit en masse !

Une gang de vieux célibataires un peu déprimants, bedonnants et sans enfants, toujours un peu *hang over*, toujours le nez irrité. Mais ils ont une routine. Et ils ne se plaignent jamais de leur travail. Jamais. Denise et Lady non plus.

Denise connaît presque tous ses clients par leur prénom – « J'ai du gros fun noir au comptoir, j'ai tout le temps hâte de rentrer travailler ! » –, et Lady ne parle que du bon vieux temps. Le temps où elle travaillait pour la Ville, dans son uniforme de fonctionnaire. « Maudit que je m'ennuie de ma gang d'la Ville ! »

Moi, la seule chose qui me motive à aller travailler, c'est le beau client de la pharmacie qui vient souvent, celui qui ressemble à Leonardo DiCaprio et qui fait sortir toutes les caissières de leur petit coqueron en courant : il ne faudrait surtout pas qu'il cherche quelque chose trop longtemps. Je ne connais pas son prénom, mais à quoi bon ? Il ne s'intéressera jamais à moi. S'il vient me parler, c'est pour savoir où se trouvent les semelles du Dr Scholl ou l'Antiphlogistine. Ce n'est pas très prometteur. C'est pour ça que j'essaie de copier mon idole, la cliente super élégante qui vient presque toutes les semaines faire ses courses. Tous les hommes la regardent. Le beau client aussi. Avec ses vêtements et ses sacoches griffés, ses longs cheveux blonds bien coiffés, la posture gracieuse d'une danseuse des grands ballets... elle a tout ce qu'elle veut. Elle a tout ce que je veux. On dirait qu'elle sort tout droit d'un conte de fées, la pharmacie s'illumine dès qu'elle y pose les pieds. C'est vrai, on sent sa présence dans l'air, et pas juste à cause de son parfum. *Angel* de Thierry Mugler. Je l'ai reconnu. J'ai même commencé à le porter pour me rapprocher d'elle. J'ai aussi économisé pendant plus de six mois pour m'offrir un sac à main comme le sien, un Marc Jacobs en cuir noir. Sauf que le jour où j'ai enfin réussi à me le payer, elle avait déjà changé le sien pour un Gucci. Mes désirs sont un peu hors de ma portée.

Je ne connais pas son prénom non plus, mais je suis certaine qu'il est joli. Je présume qu'elle porte celui d'une reine ou d'une princesse ; Élisabeth, Victoria ou Margaret. Je lui dis bonjour, je lui demande toujours comment elle va, mais j'ai l'impression qu'elle n'a pas envie qu'on discute plus que ça.

Depuis ma toute première aventure au bar Chez Roger, je n'ai quasi raté aucun vendredi. C'est toujours entre Denise, Lady et moi, à quelques rares exceptions près où un collègue de Lady – Guy, le videur de parcomètre – ou une copine de Denise – Lucie, du comptoir des ordonnances – se joint à nous. Tous les vendredis. Toujours assises à la même table, buvant les mêmes *drinks,* attendant que les mêmes hommes viennent nous parler. C'est devenu une tradition, une habitude qui s'est installée malgré moi, ou alors, c'est simplement ça, ma vie. M'asseoir à la même table près de la porte parce que Lady veut regarder entrer la « nouvelle batch ». Même si la nouvelle batch nous ignore toujours autant. De vendredi en vendredi et de *drink* en *drink*.

Denise se dandinait sur son siège au rythme de la musique. Elle avait eu une grosse journée, elle était ravie d'être enfin Chez Roger. Le sourire aux lèvres, les tâches de la semaine aux oubliettes, elle partageait avec nous sa vie de guerrière : « J'ai fait deux brassées de lavage à' matin, pis après y a fallu que je rapporte une batterie pas bonne au magasin, pour ma manette universelle. » Eille ! Tout ça avant d'aller travailler. La Denise ne veut pas gâcher son week-end.

Lady voulait s'attraper un homme. J'ai l'impression que le chômage lui donne encore plus envie de baiser. Elle portait ses petits brillants sur la poitrine et roucoulait au moindre passant. « Y a du beau stock icitte à' soère ! »

Je me suis levée pour aller au bar me chercher un autre Cosmo – j'adore les Cosmo, je m'imagine chaque fois dans un épisode de *Sex and the City* – et un sac de chips. Des chips au barbecue, comme tous les vendredis. J'ai peut-être quelque chose de solide, moi aussi.

— T'es pas avec les Double-D, la p'tite ?

Donald m'a surprise, je ne l'avais pas vu arriver. Je ne m'attendais pas du tout à le voir à notre bar non plus.

— Qui ?

— Denise pis Diane, Saint Chrême !

J'avais compris, mais je ne savais pas si je devais rire ou être offusquée.

— C'est pas super gentil, non ?

— Bah quoi ? D-enise pis D-iane !

Donald est doué pour assigner des surnoms, qu'il renouvelle à tout bout de champ. Deux semaines plus tôt, Denise et Diane étaient désignées par « la poule et le paon ».

— Tu dis pas ça pour ça.

— Tu peux pas dire qu'y ont pas des estie de méchantes grosses boules, toutes les deux !

Donald passe ses vendredis – et sa vie – à La Relaxe, à boire sa bière au bar assis sur le même tabouret, à acheter sa coke au même gars, à terminer la soirée au Campus du Village. Donald vit par procuration. C'est ce que raconte Lady. « Donald, c'est une vieille tapette qui pogne pus, pis qui rêve de baiser avec sa sauteuse du Campus ! » Donald aimerait coucher avec le plus beau danseur du Campus, il en parle sans arrêt. Alors il va le voir presque tous les soirs pour réussir à le toucher un peu, lui faire des massages et des tonnes de compliments. Pour repartir seul à la maison, la tête pleine d'étincelles et d'histoires coquines. Ça lui permet de vivre un peu plus près de son beau danseur. Un peu plus heureux. Je le regardais me sourire sans rien dire, encore sous le choc de sa présence.

— J'avais pas le goût de voir de la tapette à' soir, a-t-il enchaîné en voyant que je restais muette. Viens-t'en, là, on s'en va rejoindre les Double-D !

Denise et Lady discutaient sur la banquette, l'une à côté de l'autre. Mais je ne voyais plus que deux grosses paires de seins, maintenant. J'ai vu Donald m'observer du coin de l'œil et tout comprendre, alors j'ai ri un peu. Peut-être pour lui faire plaisir. Mais il avait raison, ce surnom leur allait à merveille. Lady fait toujours déborder ses melons du décolleté, et aime les maquiller avec des *glitters*, dans l'espoir qu'un homme vienne briller avec elle. Denise, quant à elle, est plus réservée, et ne porte jamais rien de trop échancré. Elle préfère les gros cardigans et les cols roulés. Je me suis vue assise au milieu. C'était rigolo de m'imaginer comme ça, entre les Double-D, moi qui suis plate comme une galette.

— Mon amie a déroulé le rebord d'un café chez Tim pis elle a gagné !

Denise adore les histoires qui finissent bien. Selon Donald, c'est une matante sans histoire. Aucune. Il aime bien les rabaisser, les Double-D. J'ai l'impression qu'il ne se rend pas compte qu'il n'est pas si différent d'elles. Qui porte des noms laids s'assemble, on dirait.

— Elle a gagné quoi ?

Lady préfère les histoires de cul à celles qui finissent bien. « Une grosse toute-trempe qui prétexte la vitesse du temps qui passe pour fourrer comme une truie. » Parole de Donald.

— Donald !! a crié Lady en voyant son vieil ami en chair et en os dans son bar du vendredi. Qu'est-ce tu fous icitte ? ! Tu tripotes pas tes sauteuses ?

— Pis toé ? Tu cruises pas tes p'tits jeunes au pub, vieille toute-trempe ?

Lady a posé ses mains sur ses hanches, elle ne rigolait plus.

— Je suis moins vieille que la grosse, facque appelle-moé pas de même ! Qu'est-cé tu fais icitte ?

— Juste la cochonne debord ! Parce que je t'appellerai pas Lady Di, certain !

Lady et Donald se dénigrent tout le temps même s'ils sont de très bons amis. Mais, plus souvent qu'autre chose, ils se parlent dans le dos.

Donald raconte que Lady a perdu sa job à la Ville parce qu'elle a volé de l'argent. L'argent des parcomètres. Selon lui, elle n'aura pas sa job à la Régie des alcools parce que le gouvernement le sait.

Il colporte aussi qu'elle s'allonge sur son lit, nue, au milieu de ses récoltes. Une montagne de pièces. Et qu'elle baise avec Guy, son copain videur de parcomètre qui a toujours son emploi. Lady baise dans le petit change comme une grande dame sur de gros billets de banque ; une chute de petit change entre ses deux gros seins, qui brillent pour Guy. « A' fourre sur des trente sous, imagine comment que ça fait cochonne cheap ! A' doit n'avoir plein de collés sur ses grosses fesses moites après ! Comment tu voudrais que je l'appelle Lady Di après savoir ça ? ! »

Lady prétend à son tour que Donald est pitoyable et malheureux, mais n'en parle jamais avec lui. « Sont même pas gais, les danseurs que Donald tripote, tout le monde savent ça ! Y me prendraient moé ben avant lui ! Y en a même un qui me fait de l'œil quand j'vas à la soirée des dames… »

Moi, pendant qu'on s'obstine ou qu'on se crache dans le dos, je rêve. Parce que j'ai un rêve. Je ne veux pas vendre des cosmétiques dans une pharmacie toute ma vie. Non. Je veux créer la marque Brenda. Une marque de produits pour la peau, de poudre ou de parfum, une marque de luxe qui pourrait blanchir mon prénom. Un joli logo, des lettres attachées et une étoile. Un emballage rose et gris pâle. Absolument rien de kitsch. Les vedettes ont souvent leur marque de produits de beauté, on les voit dans le *Vanity Fair*, photographiées avec des produits prestigieux. Ou alors une compagnie super cool, comme Jessica Alba avec ses couches biologiques ou Kate Hudson, ses vêtements de yoga.

Je veux mon salon avec mes produits de beauté, mais j'attends le bon moment pour parler de mon idée. Si quelqu'un pouvait investir de l'argent dans mon projet, ça ferait plus sérieux. Ça ferait plus vrai.

— Au moins j'change de spot à chaque fois, pas comme toé ! a lancé Lady à Donald, assez fort pour me tirer de mes rêveries.

— Me semble ! Ça fait douze fois que tu vas à Cayo Coco ! Tu changes de *resort*, pas de spot, Lady Di-Diane !

— Pis toé, tu changes même pas d'hôtel ! Tu vas au Meza Del Mar, *that's it* !

J'ai toujours de la difficulté à suivre lorsque Lady et Donald parlent de voyage, mais c'est normal. Je n'ai jamais pris l'avion.

— Au moins, j'me vante pas que j'connais toute sur les pays du Sud après avoir visité rien que des Club Amigo.

— Tu peux ben parler… C'est pas parce que tu mets toujours ta graine dans le même *glory hole*, à Puerto Vallarta, que tu sais toute sur la culture des Mexicains, toé non plus !

— Tu savais même pas c'était quoi, un *glory hole*, avant que je te le dise !

— Fait rien. Pourvu que j'voyage partout où ça fourre, j'en sais ben assez !

Donald a éclaté de rire. Il se vantait de voyager, lui aussi, partout où ça fourrait. C'est-à-dire à Province Town l'été et à Puerto Vallarta l'hiver. Au Dick Dock sous le quai, la nuit tombée, ou au bar Le Plasma, un labyrinthe de *glory holes*. Dans le noir aussi. C'est lui qui le dit.

Denise, silencieuse, riait dans son double menton. Elle n'a jamais été à l'aise avec les histoires de cul. Donald affirme d'ailleurs qu'elle n'en a jamais vécu.

— Checke le gars là-bas, Brenda ! m'a lancé Lady pour changer de sujet. Ça serait un bon parti pour toé, beau de même ! Pas mal mieux que ton Rolland…

Je me suis tout de suite levée pour aller aux toilettes, je n'avais pas envie d'aborder le sujet encore une fois.

Rolland m'a quittée l'an dernier pour la réceptionniste de son bureau, c'est tellement quétaine comme histoire. Tellement pas original. Il m'a dit que je n'avais pas confiance en moi, que je n'avais pas de cran, et qu'il en avait assez de me voir me complaire dans une vie ultra poche de Brenda. C'est ce qu'il m'a dit. Je ne sais pas ce qui m'embêtait le plus: qu'il couche avec une autre ou qu'elle ait un plus beau nom que moi. Parce que, honnêtement, je m'en foutais de qui il s'agissait. Je n'ai pas crié: «C'est qui?» ou «Je la connais-tu?», lorsque j'ai appris qu'il me trompait depuis un mois. J'ai hurlé à pleins poumons: «C'EST QUOI SON NOM?»

Rolland m'a dit qu'elle s'appelait Emma. Comme si c'était le prénom le plus populaire de l'année.

Je ne m'en remettrai jamais.

J'ai déménagé tout de suite après cet incident. J'étais hors de moi, j'ai emporté tout ce qui m'appartenait, même mon petit tapis plein de calcium dans l'entrée. Je suis un peu gênée, des fois, de repenser à tout ça, mais il l'avait cherché. Je suis aussi partie avec toutes les ampoules des lampes de l'appartement – y compris celles du four, du congélateur et du frigo –, les poignées des armoires de la cuisine, les bouchons de la baignoire, de l'évier et du lavabo, et la porte de la laveuse à linge qu'on venait tout juste de remplacer. C'est moi qui avais tout payé. Et ça coûte cher, une porte de laveuse frontale. Tant pis pour lui et sa Emma.

Je n'ai jamais avoué à mes amis avoir emporté tout ça parce que je ne l'assume pas encore tout à fait. Ni l'appel de Rolland, quelques heures après mon départ. Ni tout ce qu'il m'a dit. Je préfère taire cette histoire à tout jamais.

Donald se trouve perspicace en prétendant que j'étais avec Rolland juste parce qu'il s'appelle Rolland et qu'il est aussi laid que son prénom, et que, s'il s'est tanné de notre relation, c'est grâce à moi.

— Pas à cause de toé, Brenda, grâce à toé ! C'est grâce à toé que Rolland s'est tanné !

Comme si je voulais m'en débarrasser exprès, mais sans le savoir, genre. Je ne comprends pas vraiment.

Donald n'a jamais aimé Rolland, il le trouve insignifiant. Il est heureux que mon ex se soit tanné de moi grâce à moi. « Sans ça, tu serais toujours avec ! » qu'il me dit toujours en riant, comme s'il me révélait le secret du succès de mon célibat. Mais je sais bien que c'est à cause de mon nom et de ma vie ultra poche qui vient avec, s'il s'est tanné. « Brenda », tout en bas de l'échelle sociale. Pas cultivée. Qui ne voudrait pas viser plus haut ?

Mes amis savent comment me remonter le moral, c'est vrai, mais je ne voulais plus parler de Rolland. Jamais. Alors que Donald, oui. Tout le temps. Je savais exactement ce qui se disait durant mon absence aux toilettes. C'était toujours le même discours :

— C'est un *loser*, son ex. Tant mieux si' est pus avec.

Comme si Donald savait dissocier le formidable du pitoyable.

Et à mon retour le discours courait toujours. Donald ne s'essouffle pas rapidement. J'ai voulu quitter la table de nouveau, mais je ne savais pas où aller. J'avais déjà mon sac de chips au barbecue et mon Cosmo n'était pas terminé. J'ai envié quelques instants les gens qui sortaient fumer. J'ai repris ma place en silence et j'ai écouté Donald rabaisser Rolland une fois de plus. J'ai abandonné l'idée de défendre ma relation depuis longtemps.

— Ben y a une pas pire job, quand même…, a osé Denise, très doucement, comme si elle avait peur que Donald crache dans son Sea Breeze.

Denise n'aime pas Rolland non plus, mais elle n'apprécie pas la médisance.

— Y vend des copieurs, calvaire ! a crié Donald qui, lui, adore souiller les gens.

— Pis toé, tu vends du poulet barbecue depuis vingt-cinq ans ! La moitié de ta vie, estie ! Des copieurs ou du poulet, qu'est-cé que ça change ?

Lady a décidé de prendre la place de Denise dans la conversation. Elle adore taquiner son vieil ami. Presque autant que de lui cracher dans le dos.

— Platc à mort, ce gars-là. Sans intérêt. Aucun, a rétorqué Donald qui préférait ignorer le sujet du poulet barbecue pour le moment.

Denise a laissé la place à Lady sans rien dire, et attendait que ses amis changent de sujet en regardant le plafond et en soupirant toutes les dix secondes. Elle préférait laisser Lady relancer Donald toute seule même si elle n'était pas d'accord avec ce qui se disait.

— Y fait pas pire de cash, pareil, le *loser.*

— Fait rien ! a hurlé Donald. Pis c'est pas la paye qui décide si t'es un *loser,* c'est le reste.

— Peut-être ben qu'elle aime ça, les *losers* ?

— OK. On arrête de dire « *loser* », astheure. On va finir par l'être nous autres avec sinon.

J'étais juste là ! Avaient-ils au moins remarqué ?

— Pis j'ai jamais compris pourquoi qu'a chiale tout le temps sur son nom, astheure. On s'en câlisse-tu, de comment qu'on s'appelle ! a enchaîné Lady sans scrupules, comme si elle n'avait pas elle-même décidé d'échanger « Diane » pour « Lady », pour une raison bidon.

J'avais la bouche grande ouverte, mais aucun son ne semblait vouloir en sortir.

Denise m'a fait un signe très discret. Un signe qui voulait dire de me taire, de les ignorer et de ne pas m'en faire. C'était loin d'être terminé.

— Son ex, y a déjà eu le cancer, y a même déjà failli en crever. Tu le savais-tu, ça ? Facque, là, y parle rien que de ça pour se rendre important, même si y est en rémissance.

Donald n'entendait plus ce que disait Lady, il continuait à chier sur le dos de Rolland puisqu'on le lui permettait. Ça lui plaisait de pouvoir s'emporter en toute liberté. Il savait que Denise n'oserait jamais s'en mêler et, en plus, il n'avait même pas encore remarqué que j'étais revenue des toilettes. Il pouvait bien s'emporter aussi loin qu'il le voulait.

Lady levait les yeux au ciel pour pomper Donald encore un peu plus. Elle adorait ses bitcheries même si elle faisait semblant de défendre le pauvre Rolland et d'être outrée par les remarques déplacées de Donald.

— L'affaire, c'est que le monde ont toujours ben gros de compassion pour les cancéreux. Le monde les écoute, y essayent de se penser à leur place. Les cancéreux sont ben contents, y se sentent importants.

— OK, c'est un *loser*, t'as gagné. On peut-tu parler de mon prochain voyage à Cuba, astheure ?

Donald secouait la tête d'un air découragé puis il se prit le front comme on le fait lorsqu'on est très bouleversé. Il aurait continué cette comédie beaucoup plus longtemps s'il n'avait pas craint que Denise en profite pour reprendre sa place dans la conversation. Des gestes et des simagrées de personnage ultra contrarié.

Donald Rivard est une personne plutôt déplaisante. Toujours là pour tout le monde, mais difficile à suivre. Les gens compliqués sont toujours disponibles parce qu'ils sont souvent seuls.

Un peu snob, Donald aime l'art et la culture, et, en bon déplaisant, méprise ceux qui ne savent pas distinguer un Magritte d'un Rembrandt. D'un autre côté, il peut traîner toute la nuit avec les soûlons les moins cultivés dans de vieilles tavernes sordides, et investir ses *tips* de la rôtisserie dans la coke et les vidéos poker ; il peut manger dans les restaurants les plus *fancy*, s'acheter de l'huile d'olive, du chocolat, du fromage et du vin de très grande qualité, mais finir ses soirées au bar de danseurs devant une bière tablette « pis une grosse paire de gosses passée au Quellada ».

Donald conduit une vieille Buick Century bourgogne qu'il appelle sa Damienne et dont il se sert pour aller au dépanneur, à quatre coins de rue, et pour faire la course aux bibelots dans les boutiques d'objets d'art autant que dans les bazars d'église. Pour faire la tournée des bars huppés, aussi, les soirs où il a envie de baiser. Ça lui plaît d'enculer les gosses de riches, il se vante de les soumettre et de les humilier. Lady l'appelle parfois le Marquis de Sade du Village.

Donald adore s'écouter parler et a l'habitude d'ignorer les signes de fatigue et de détresse de ses interlocuteurs. Ou alors il ne sait pas les détecter.

— Ma belle Lady… m'as t'expliquer un' affaire. Écoute ben celle-là : un moment donné, j'suis rentré dans un dépanneur avec le Rolland, pis y avait une machine à copie. Je te l'ai-tu déjà contée, celle-là ?

Il ne voulait pas cesser de lapider mon ex tout de suite, il avait trop de fun même si tout le monde était écœuré. Alors il a raconté cette fameuse fois. La fois où il a eu la honte de sa vie et que j'ai entendue mille fois. Ça me surprenait que Lady ne soit pas encore au courant. Ou peut-être qu'elle n'écoute pas, elle non plus.

J'avais fait une soirée chez moi avec Denise, Lady, Donald. Et Rolland. Les filles s'occupaient de cuisiner et les garçons, de faire les commissions. Donald était parti au dépanneur avec mon ex, un dépanneur équipé d'un photocopieur comme on en voit souvent. Rolland s'était mis à analyser la machine comme s'il était sur une importante mission : « Vois-tu, Donald, la machine est mal entretenue », et Donald n'en est jamais revenu.

Denise m'a rapporté le bout de la conversation que j'ai raté en allant aux toilettes, elle chuchotait par peur de passer pour un vilain porte-panier. J'ai bien fait de m'absenter quelques instants, ils ont pu épuiser le sujet de Rolland encore un peu plus. Peut-être que le sujet sera vide un jour.

Lady et Donald parlaient enfin de voyage, Denise les écoutait, passive, comme à son habitude, assise en silence à siroter son Sea Breeze, un sourire niais au visage. Elle a toujours été d'une bonne écoute, on ne l'entend pas très souvent. Passant un commentaire par-ci, par-là, surtout sur ses personnages de feuilletons favoris. « Les enfants de Marie dans *Unité 9* sont morts ! » Elle était sûrement matante à douze ans. Mais je sais qu'elle est heureuse.

— Tu vas-tu aller en Gaspésie bientôt ?

L'imbécile heureuse m'a un peu irritée avec sa question, je ne m'attendais pas à parler de ma famille après avoir enduré un autre épisode de Rolland-*bashing*. Surtout que Denise savait très bien que j'en voulais à mon père d'avoir gâché ma vie en partant. Mais Denise adore Brenda Lee, alors elle ne peut pas comprendre. Elle essaie sans cesse de me rassurer sur le talent de la chanteuse ; on m'avait nommée d'après une vedette, c'est tout ce qui comptait. Denise serait contente de s'appeler Mafalda. Dommage que les Denise ne font pas de grandes vedettes. « J'aime tellement gros sa chanson *Johnny One Time*, à Brenda Lee, tu devrais l'écouter. »

Non, Denise, je ne devrais pas l'écouter. Je la connais par cœur. Elle jouait chez moi tout le temps. Il s'appelle *Johnny One Time* et porte bien son nom, le chanceux. Ce n'est ni un douchebag ni un perdant. Et toutes les filles lui courent après.

— Tu t'en vas-tu voir la déficiente à ta mère?

— DONALD!

Denise a crié tellement fort que le bar s'est tu d'un seul coup. Donald a juste dit tout haut ce que les autres disent dans mon dos. Ma mère s'occupe d'une handicapée mentale à temps plein, c'est comme si elle l'avait adoptée. Elle l'aime tellement, sa déficiente, des fois on dirait qu'elle l'aime plus que moi.

— Calme-toé, Denise, la fille est débile, j'ai rien inventé pantoute. Pis sa mère se l'est prise pour elle, on le sait toute! Une location avec option d'achat!

Donald se trouvait drôle en maudit. Mais le pire, dans tout ça, c'est que la handicapée a un beau nom. La pas fine. Elle a beau être déficiente, elle s'appelle Olivia. Dans ma tête, ma mère a décidé de la prendre à la maison et de l'aimer comme sa propre fille, car elle devait compenser quelque chose.

— Sa mère pis sa débile, estie! Elle pourrait la laisser au chenil, de temps en temps, pour venir visiter sa Brenda!

— Donald, tu-peux-pas-dire-des-choses-comme-ça.

Denise a dit ça d'une voix très basse, en parlant très lentement et en serrant les dents pour que Donald comprenne bien qu'il dépassait un peu les limites.

— Elle vient jamais voir Brenda à cause d'elle! Elle aime mieux magasiner du linge pour sa fille prêtée. Des pantalons de toutes les couleurs, elle fait même pas ça pour sa vraie fille. Elle devrait s'en débarrasser, d'Olivia!

Je les ai interrompus parce que je voulais que la conversation s'arrête là.

— Ma mère viendra jamais me voir, je l'ai compris un moment donné. Faut qu'elle s'occupe d'Olivia. Facque, oui, Denise, je devrais aller en Gaspésie bientôt.

— J'espère que ta mère y lave les cheveux plus souvent, à sa poupée débile, parce que sur les portraits, elle avait les cheveux gras en crisse. Déjà qu'est pas belle longtemps…

— OK, ça va faire, Donald !

Denise, la silencieuse, a osé mettre une limite aux bitcheries de Donald, j'étais impressionnée : « Va falloir que tu comprennes, un moment donné, que les mots gentils coûtent pas cher, mais qu'y accomplissent beaucoup plus de choses que les mots méchants. »

— Ah ben ! C'est-tu pas Bouddha à grosses boules, toé, qui nous récite ses biscuits chinois !

Denise n'était pas équipée pour répliquer.

Mais Lady l'était. Et elle savait comment maîtriser son ami.

— OK, TA YEULE, RIVARD ! Pis commence par me dire qu'est-cé que tu fais icitte, pour vrai ? Ça fait trois fois que j'te le demande, pis tu m'réponds jamais !

— Faut que j'aille pisser.

Donald s'est levé en vitesse, il est parti presque en courant. Denise en a profité pour se lever, elle aussi, et s'est dirigée vers les toilettes en se tenant la vessie. La pauvre, elle était assise au fond, sur la banquette, et n'avait pas osé demander à Donald de se tasser deux secondes pour qu'elle puisse sortir. Lady s'est retournée vers moi et a mis sa main sur mon épaule.

— Brenda, faut que tu commences à vivre. On dirait que tu te l'permets pas.

— De quoi tu parles ? Je vis autant que vous autres.

— Bof… Denise, elle a juste *give up*. Pis Donald, y vit dans le passé à toujours se plaindre de la nostalgie.

— Oui, mais Denise est super heureuse, pis Donald est jamais stressé.

— Je sais qu'est heureuse, mais bon… tu peux quand même faire mieux que ça. Pis Donald y est gai, pis les gais y ont pas de vrai stress dans' vie, on le sait toute. Pis tu peux pas être comme eux autres, *anyway*, à cause que y en a rien qu'une, Brenda Bouchard.

Seigneur, je l'espérais. Je plaignais les autres en ne sachant même pas si elles existaient.

J'ai remercié Lady bien que je n'aie pas tout compris. Des fois j'aimerais ça, être comme elle et arrêter de m'en faire avec mon prénom ou avec Rolland. Mais ça ne fonctionne pas avec moi. Lady m'a serrée très fort dans ses bras, j'en avais des petits brillants plein ma veste de laine.

Donald et Denise sont revenus s'asseoir sur la banquette. On regardait Donald en silence. Allait-il enfin répondre à Lady? Elle s'impatientait. Donald avait l'air impuissant tout d'un coup, il a même baissé les yeux et recroquevillé les épaules. C'était la première fois que je le voyais ainsi. Un chien qui se fait prendre à manger la litière du chat.

— J'me suis fait voler taleure au sauna.

CESSEZ DE CHERCHER LE BONHEUR SANS ARRÊT,
IL EST TOUT PRÈS DE VOUS

J'ai oublié mon nom aujourd'hui. À cause de Donald. Il s'est endormi avec ses grosses couilles collées sur mon beau divan tout neuf, dans ma robe de chambre trop courte pour couvrir ses précieuses parties. Cette image m'a fait oublier tout le reste.

Donald a mis un haut, mais pas de bas, et il se promenait chez moi en répétant les histoires les plus pitoyables de sa vie, ses histoires du passé qu'il remet sur la table à la moindre occasion. Son – très gros – pénis dépassait de ma robe de chambre fleurie, et ballotait de gauche à droite, de l'avant vers l'arrière, une valse rapide et saccadée parce que Donald était très agité. J'ai même appris qu'il était circoncis. Je l'écoutais, distraite, en l'observant s'installer sur mes tabourets, mes chaises et mon sofa. C'est pour éviter d'assister au même spectacle que je suis partie en courant ce matin, oubliant mon *nametag* de la pharmacie sur le comptoir de la cuisine.

En attendant l'autobus, j'ai trouvé un biscuit de fortune dans ma sacoche. Denise doit l'avoir glissé avant de quitter le bar. Je suis consciente qu'elle est ridicule avec ses biscuits – comme si ça pouvait prédire les bonheurs et les malheurs de nos semaines –, mais je l'ai déballé quand même parce que je n'avais rien d'autre à faire.

Le message était joli : *Cessez de chercher le bonheur sans arrêt, il est tout près de vous.* Si Denise était là, elle ferait un discours sur le bonheur et dirait que les biscuits ont souvent raison, qu'il faut les laisser nous guider. Pour ma part, je ne voyais pas le lien entre « sans arrêt » et « tout près », mais je ne disais rien. Les Chinois sont très spirituels.

C'est stupide, je le sais, mais j'étais soulagée de trouver un beau message dans mon biscuit après ma soirée avec Donald. Denise a déjà eu un biscuit vide. L'horreur. Personne n'oubliera jamais cette semaine de grandes tragédies…

«J'ai fait une erreur à' job, pis j'me suis fait taper sur les doigts. Moé qui en fais jamais!» La semaine de malheurs du biscuit vide. Denise a parlé longtemps de toutes les petites misères qui lui sont arrivées cette semaine-là, des petites misères qui nous arrivent pourtant tout au long de l'année. «J'ai manqué le bus à' matin! Vous voyez ben!»

Et la catastrophe de la semaine. La malheureuse s'était cassé une dent en voulant couper un morceau de gros *tape*. Denise avait dû payer la réparation dentaire de sa poche puisque l'accident n'était pas survenu au travail. Même si elle s'était blessée sur un rouleau de *tape* emprunté au bureau de poste.

C'était l'année dernière, pendant son seul et unique déménagement depuis qu'elle est partie de chez ses parents, il y a plus de vingt ans. Son propriétaire reprenait l'appartement pour sa fille, Denise était ultra stressée. On lui avait pourtant accordé six mois pour chercher un autre logement et une généreuse prime pour payer le déménagement. «Déménager, c'est pareil comme perdre sa job ou quelqu'un qui meurt!» qu'elle nous répétait en enveloppant sa vaisselle de papier journal.

Les ciseaux avaient disparu parmi les cartons, et Denise avait fait une très grave erreur. D'habitude très prudente, elle avait utilisé ses dents pour couper un morceau de ruban. C'était la force maléfique du biscuit vide de fortune qui l'avait poussée à agir de la sorte, c'était évident selon elle.

Denise pleurait en se regardant dans le miroir, elle qui n'est déjà pas très jolie. Elle répétait à voix basse : « Maudit biscuit vide. »

Ce n'est pas tout. Donald s'était fait mal au dos en soulevant une des douze boîtes de la collection de *Vanity Fair* de la toutoune et avait dû s'étendre pour le reste de la soirée. Pour le reste de la semaine, aussi.

— Toé pis tes estie d'*Échos Vedettes* à marde !

— C'est des *Vanity Fair* !

— Fait rien ! C'est la même crisse d'affaires, c'est toutes des estie de revues à potins, toute la gang ! Mais toé, tu penses que les tiens sont plus *fancy* à cause qu'y sont en anglais !

Et Lady. Lady avait perdu son travail à la Ville cette semaine-là exactement. Les pouvoirs du biscuit vide. On l'avait convoquée pour lui annoncer la nouvelle. Les nouveaux parcomètres intelligents. Les coupures. Elle en avait perdu l'envie de baiser.

— Les esties ! Après toute ce que j'ai faite pour eux ! Y pensent-tu vraiment que la Ville va marcher sans moé ? !

Denise paniquait.

Je ne voulais pas m'inquiéter, mais c'était difficile de ne pas embarquer dans les délires des fortunes chinoises après tout ça. Rolland m'avait quittée quelques jours avant ce déménagement; était-ce la faute du biscuit vide s'il n'aimait plus mon nom ? Son appel confirmait mes doutes.

J'avais quitté notre appartement aussitôt après avoir appris la liaison de Rolland. Après avoir ramassé toutes mes affaires – en plus de mes ampoules, mes poignées sur les armoires, mes bouchons, et ma porte de la laveuse à linge que j'avais mis une bonne heure à démonter. Ce n'était pas un coup de tête.

Ça m'avait pris à peine vingt minutes à me trouver un petit deux et demie meublé et disponible, sur le boulevard Lacordaire à l'angle de la rue Sherbrooke. J'aurais pu appeler Donald pour qu'il vienne nous chercher, mes douze sacs poubelles et moi, mais je n'étais pas prête à lui parler de ma rupture. Il aurait été incapable de cacher sa joie, mais bien capable de couler un gros bronze au milieu du salon. Je préférais sauter dans un taxi avec mes sacs verts, avant le retour de Rolland, et dire au chauffeur de faire un arrêt à la SAQ et au guichet automatique. Même si la *run* allait me coûter plus cher qu'une ombre à paupières de Chanel. J'étais démolie.

C'est quelques heures plus tard que Rolland m'avait téléphoné, pour m'engueuler. J'ai beau essayer d'oublier cet appel, j'y pense sans arrêt. C'était la première fois que je l'entendais crier comme ça. Lui et sa Emma ne méritaient pas de cadeaux, pourtant.

Rolland tenait à me dire que je faisais dur en crisse et que je n'étais qu'une petite conne qui ne ferait jamais rien de sa vie. « Tu vas passer le reste de ta vie dans ton estie de pharmacie à vendre d'la crème à trou de cul ! » Il était hors de lui.

C'est là qu'il m'avait avoué être comblé de sortir avec sa belle Emma parce que ses amis riaient de mon nom lorsque je n'étais pas là. Un nom de quétaine et de *loseuse*. Un nom anglophone sur une Québécoise, ç'a pas de classe. Puis il avait ajouté pour m'achever : « Tu portes bien ton nom. »

Je refuse de bien porter mon nom. J'ai trop de classe et d'élégance. Mais que puis-je faire ?

Je veux changer de nom, mais la démarche est longue et compliquée. Je me suis informée. Ma requête doit être motivée par des raisons sérieuses. J'ai visité le site web du gouvernement, et tous les forums qui parlent de noms. J'ai tout lu, j'en deviens folle. Devenir folle, c'est peut-être assez sérieux comme raison.

Sur l'un de mes forums de psychologie préférés, j'ai appris que ce n'est pas le nom en tant que tel qu'on déteste, mais ce qu'il représente. Je n'avais jamais pensé à ça. Rolland ne voulait donc pas finir sa vie avec moi, Brenda, la meilleure amie d'une grosse toute-trempe, d'une tantouze et d'une matante. La cosméticienne insipide sans avenir ni diamant. C'est pas George Clooney qui voudrait m'épouser.

Donald n'écoute jamais. Si j'essaie de lui parler de mes problèmes, il ramène tout à lui et se découvre chaque fois de plus gros soucis que moi. La Lady, elle, fait semblant de ne pas comprendre pourquoi je focalise sur mon prénom, mais t'sais… elle peut bien parler. Elle veut qu'on l'appelle Lady pour éviter qu'on la confonde avec Denise, je le sais – c'est effectivement un peu mêlant, « Denise pis Diane » –, mais elle le veut pareil. Ça l'a insultée qu'un ami de Donald l'appelle « Denise », je l'ai vu dans ses yeux. C'est vrai qu'elles se ressemblent un peu physiquement, les Double-D, avec leurs gros totons, leurs cheveux courts et leur forme cubique, mais qu'on la confonde avec une madame qui ne baise plus depuis mille ans était pour elle intolérable.

Ça n'a pas été facile de faire la transition, de passer de « Diane » à « Lady », Lady criait chaque fois qu'on se trompait. Surtout qu'au départ elle voulait qu'on l'appelle « Lady Di ». Donald avait refusé.

— Jamais d'la vie ! M'as t'appeler Di-Di.

Mais Diane était catégorique :

— C'est Lady Di ou rien.

C'est drôle, la perception qu'ont les gens d'eux-mêmes.

La cochonne avait finalement accepté le surnom de Lady, qu'elle trouve tout aussi élégant. Tant mieux. C'était ridicule de l'appeler Lady Di en public, Diane n'a rien d'une princesse. J'espère que Donald ne s'opposera pas à mon futur nouveau nom.

Denise, de son côté, fait encore sa Bouddha : elle pense que je dois réfléchir avant d'entreprendre les procédures de changement de nom. Ne pas précipiter les choses, vivre ma peine d'amour et attendre un homme qui m'aimera pour tout ce que je suis et même pour ce que je ne suis pas. De vrais conseils de matantes.

— C'est-tu ton nom, ton seul problème dans' vie ?

Mon seul problème, c'est que Rolland a cassé avec moi pour me remplacer par Emma, qui a une belle vie et une meilleure job que moi. Pourquoi dois-je me justifier ? Je veux échanger ma vie poche contre une belle, c'est juste ça. Le monde est épais.

— Tu changeras pas en dedans de toé. Si t'as des difficultés plus profondes que ça, faudrait que tu voies un psychologue pour la thérapie, pis qu'y te dise pourquoi tu trouves ça dur de même t'appeler Brenda.

La toutoune a toujours les bons mots. J'ai souvent envie de l'étrangler.

Denise avait promis de la bière, de la pizza et des rouleaux aux fruits après son déménagement. Pourtant, après avoir bougé tout son stock, elle nous avait annoncé qu'elle préférait reporter les célébrations.

— Ma dent me fait trop mal, m'excuse ben gros. Pis je peux pas boire d'alcool après les médicaments *anaway*.

— T'as pris deux Tylenol, calvaire !

Donald était hors de lui. « Des extra fortes ! »

Mais rien n'y faisait. Denise devait se retirer dans ses quartiers.

On était repartis tous les trois, l'air bredouille, après avoir installé son téléviseur et son VHS pour qu'elle puisse se reposer devant un téléroman. Elle nous avait regardés partir, désolée, une compresse de glace sur la bouche. Donald sacrait : « Estie de grosse matante du câlisse ! A' l'avait promis qu'a nous ferait boire après ! Tout ce que j'ai eu de gratis à' soir, c'est un mal de dos, tabarnac. C'est lourd, des potins ! »

Lady, quant à elle, se plaignait des coupures et des nouveaux parcomètres qui lui volaient sa job. De sa perte de libido, aussi. Elle n'avait pas baisé durant au moins trois jours.

— Pour quoi faire que Guy a toujours sa job, lui ?

— Demandes-y la prochaine fois que tu l'as dans' gueule.

— Eille, toé ! Arrête avec tes maudites niaiseries ! Je fourre pas avec Guy, je te l'ai assez dit !

Je regardais Lady et Donald s'obstiner sur Guy, encore une fois, pendant que j'imaginais Denise confortablement installée sur son sofa pour une personne, avec son plateau, son verre d'eau, ses rouleaux aux fruits et ses Tylenol Extra Fort. Estie de vie plate. Estie de vie ultra poche de Brenda. Rolland avait raison de me crisser là. Je n'avais jamais pris conscience à quel point mon nom enlaidissait ma vie.

Cessez de chercher le bonheur sans arrêt, il est tout près de vous. Je voulais tellement y croire. Il me le fallait, ce bonheur, je passais mon temps à me torturer, à essayer de trouver des raisons sérieuses pour motiver ma requête de changement de nom. Je n'ai pas d'imagination. En plus de Donald qui a gâché mon samedi. Une chose inconcevable pour Denise ; elle ne me reçoit jamais les week-ends. Que les jeudis, mais juste une fois tous les six mois. Je fais peut-être partie de ses corvées.

Donald a dormi chez moi parce qu'il n'avait pas ses clés, subtilisées dans la poche de son manteau en même temps que sa passe de bus, son cellulaire, sa montre, son portefeuille et sa dignité. Le pauvre s'est fait voler au sauna pendant qu'il dormait tout nu dans sa cabine.

Il a marché une bonne heure pour venir nous rejoindre au bar, avec tout ce qui lui restait. Sa honte. Sa honte qui a pris toute la place lorsque Lady lui a ordonné de nous expliquer ce qu'il faisait dans notre bar. Encore plus de place lorsqu'est venu le temps de nous quêter des sous et un petit endroit où coucher.

J'ai hérité de lui pour la nuit parce que Lady a ramassé un homme à la fin de la soirée – une cochonne a ses priorités –, et la routine de Denise ne lui laissait aucune place. Il a donc échoué chez moi, après avoir emprunté un peu d'argent à Lady, juste assez pour se soûler et commander un « petit quart ». Je ne sais pas de quoi il parlait, je sais seulement que c'était pour oublier à quel point la vie était cruelle envers lui, ce type pourtant si brave et sympathique. Doux comme un agneau. Tous ces grands obstacles lui paraissaient injustes, lui qui était le plus gentil des convives, les mains toujours remplies de cadeaux. Puis, une fois bien installé sur mon sofa, il m'a déballé toutes les grandes histoires de sa vie. Pour la centième fois. Il a ramené le vol au sauna et le Mexicain qui lui a transmis l'herpès, à Puerto Vallarta, cinq ans plus tôt. Sur sa fesse gauche. Par miracle, Dieu a épargné sa queue. «Y a quelqu'un qui a frotté sa queue sale là», avait dit son médecin. Donald était insulté. Plus par le médecin que par le Mexicain. Quant à moi, j'étais vexée qu'il frotte son souvenir du Mexique sur mon nouveau sofa.

Quand ce n'est pas l'histoire du Mexicain, c'est celle de Madonald ou de Bouche Gourmande. Donald vit dans le passé, il en parle tout le temps: «Dans le temps que j'étais Madonald, tout le monde voulait t'être chum avec moé! J'étais la saveur du Village, pis j'étais ben avant Mado!» Donald revient toujours sur Madonald lorsqu'il est soûl, et sur Mado qui, selon lui, lui a tout volé: «Elle m'a copié, la grande tabarnac de Mado! C'est toute à moé, ça, son show, ses robes, ses cheveux, pis elle au grand complet! C'est toute moé qui a inventé ça avec ma Madonald!» Il rêve de ramener sa diva sur scène, mais personne ne semble la réclamer. Alors, dès qu'il a recommencé avec l'histoire du déclin de sa Madonald, j'en ai profité pour lui dire que son nom d'artiste ne fonctionnait peut-être pas comme il le croyait. Je n'avais jamais pensé à ça auparavant.

— De quoi tu parles? C'est à cause de Mado que ç'a pas marché, pas de mon nom d'artiste!

— Y aurait peut-être fallu que tu t'appelles juste Mado. Ou Dona. Mais pas Madonald. Ça se dit mal, pis ça sonne pas bien. C'est pour ça que ç'a pas fonctionné longtemps, ta célébrité.

— T'étais pas là !

Donald a crié, j'ai vu son pénis sursauter.

— Oui, je sais que j'étais pas là, mais j'ai lu sur Internet que les gens aiment mieux les petits noms. Ça favorise les liens parce que c'est chaleureux pis que les gens les retiennent mieux.

— Tu te prends-tu pour un psychologue, astheure ?

Mon Dieu, j'étais en train de réciter les articles que j'avais lus sur les sites de psychologie. J'ai eu honte un instant.

— Non... C'est juste que Mado ou Dona, genre, ça amène de l'affection. Mais pas Madonald. T'aurais même pu t'appeler Ma Donald Summer !

— Niaiseuse !

Que serait Donald aujourd'hui s'il avait choisi un meilleur nom d'artiste ? Monterait-il toujours sur scène avec ses robes et ses rubans, bedonnant, enrobé dans ses costumes satinés comme une saucisse à cocktail ? Ou est-ce simplement parce qu'il était mauvais qu'il n'est pas allé aussi loin que sa rivale ?

Quand Donald ne parle pas de Mado, il parle de Bouche Gourmande. La preuve qu'un nom, ça change tout : « *Bouche Gourmande vous reçoit*, comme qu'y disait dans sa p'tite annonce ! Pis est-tait gourmande en sacrament ! » Une visite d'à peine cinq minutes dans l'entrée, tout ça sans payer. On se décharge gratuitement dans la Bouche Gourmande. Il a dû en profiter souvent, de sa bouche gourmande, même s'il prétend n'être allé la voir qu'une seule fois. Son histoire change de version chaque fois. Parfois dans l'entrée, parfois sur le sofa. Une fois même dans le lit. Donald se ramasse toujours dans des situations dégoûtantes.

Si Donald ne recherche pas la pitié, c'est pour avoir une raison de cracher sur les gens. Il devrait me comprendre, moi qui ne cherche que la compassion. Mais chaque fois que j'essaie de me confier, mon nom, mes secrets, mon père qui a gâché ma vie, il m'interrompt pour me parler de tous ses amis qui ont le sida. « Plains-toé pas, ma p'tite fille ! » Alors je l'écoute radoter sans pouvoir l'arrêter.

Donald s'est finalement évanoui sur mon sofa, après avoir vidé la bouteille de mousseux qui traînait dans mon frigo depuis ma rupture, la bouteille de Premières Bulles que j'avais achetée pour Rolland et moi. Notre premier anniversaire. Je ne sais pas pourquoi je la gardais après ce que Rolland m'a fait endurer, mais peu importe. Donald l'a vidée sans ma permission. Je l'ai laissé faire, un peu découragée. Il ne m'écoutait plus depuis longtemps de toute façon. Il avait une conversation avec lui-même depuis qu'on avait mis le pied chez moi et se relançait tout seul. Je le laissais délirer.

Ma collègue Sandra m'a téléphoné vers sept heures du matin, pour me demander de la remplacer. J'ai accepté sans hésiter. Je crois qu'elle ne s'était pas encore couchée.

Sandra fait souvent ça, me téléphoner tôt le matin, la fin de semaine, en me suppliant de la sauver. Elle me répète qu'elle me rendra la pareille, que ce n'est pas sa faute si sa toilette a brisé pendant la nuit, si elle n'a plus d'eau chaude pour se doucher, ou si les voisins l'ont empêchée de dormir avec leur musique du diable. D'habitude, j'essaie de ne pas répondre au téléphone – je n'aime pas travailler les week-ends, moi non plus –, mais, là, je n'avais pas du tout envie d'écouter Donald radoter en mangeant mes cretons. Je préférais laisser Sandra gâcher mon samedi.

Je suis partie avant même d'avoir déjeuné, j'ai juste pris le temps de me faire un gros café pour emporter. J'avais mal dormi. Donald est allé à la toilette pendant la nuit, et a allumé toutes les lumières. Il a pissé la porte ouverte, comme s'il était chez lui, je l'ai même entendu péter. Dans ma robe de chambre. J'ai eu du mal à me rendormir après tout ça.

Je ne voulais pas le réveiller en me préparant, ni son érection matinale qui me saluait, au top de sa bonne humeur. Donald récupérait, ronronnait comme un petit chaton tendre et inoffensif, le sourire aux lèvres, beaucoup plus supportable que lorsqu'il est debout. Je terminais tout juste de me préparer lorsque je l'ai entendu se retourner, marmonner quelques mots, se gratter la gorge. Je suis sortie immédiatement.

C'est uniquement en arrivant à la pharmacie que j'ai pris conscience du cauchemar. Mon *nametag* resté sur le comptoir de la cuisine. Mon cœur a manqué un battement, j'ai failli tomber dans les pommes. Le gérant est très strict là-dessus : « On porte toujours son nom tout-le-temps-sans-aucune-exception ! J'veux que les clients se sentent accueillis comme si y étaient importants. »

Je me suis mise à paniquer. Je ne veux pas perdre mon emploi, même si j'en rêve parfois. J'ai maudit le gros Donald un instant, je lui ai souhaité du mal, comme finir ses vieux jours étouffé par un os de poulet BBQ, à sa minable rôtisserie de l'est de la ville. J'ai ouvert le tiroir des employés pour prendre ma carte de punch, comme si tout était normal, comme lorsqu'on se dit que tout va s'arranger tout seul mais qu'on ne voit pas comment. Je respirais tranquillement pour contenir mon angoisse…

Comment allais-je me sortir de cette épouvantable situation ?

Il y a pire dans la vie, j'en suis bien consciente. J'aurais pu oublier mon uniforme, ma trousse de maquillage au complet ou, pire encore, mon cellulaire. J'aurais même pu rater l'autobus et arriver ultra en retard. Mais je préfère ne pas penser à tout ça. Pour le moment, fallait vite trouver une solution. Demander à Denise de passer chez moi prendre mon *nametag* ? Je n'oserais jamais lui quêter une faveur un samedi. Lady était sûrement encore au lit avec son homme et ses trente sous, et Donald n'avait plus de cellulaire depuis son aventure au sauna et je n'avais pas de ligne fixe à la maison. Je devais assumer. Aller voir le gérant et tout lui raconter.

C'est juste avant de refermer le tiroir que je l'ai vu. Le *nametag* de Jade. Il était juste là, qui dépassait d'en dessous des cartes de punch des employés. Mes pupilles se sont dilatées d'extase. J'évitais la catastrophe et, en prime, j'allais porter un joli nom toute la journée. L'angoisse m'a quittée d'un seul coup. Mon cœur s'est emballé à toute allure tellement j'avais envie de sauter partout et de crier «je m'appelle Jade pour la journée ! », mais je devais rester calme. Surtout ne pas attirer l'attention de mon gérant. J'ai pris mon poste avec un sourire que je n'ai jamais affiché auparavant. Faudrait que j'oublie mon nom plus souvent.

Je devais apprendre à faire confiance à Denise et accepter les messages que me transmettent ses biscuits. Cesser de chercher le bonheur sans arrêt puisqu'il était vraiment tout près de moi. Juste ici. Dans le tiroir de la pharmacie.

— Bonjour, Jade.

J'ai sursauté comme si on m'avait pris la main dans le tiroir-caisse. C'était mon gérant, il avait l'air contrarié. « Compte-toi chanceuse que Jade aille laissé son nom dans le tiroir au lieu de me le redonner comme est-tait censée. Parce que d'habitude c'est tolérance zéro ! »

Il me parlait comme si oublier son nom était la pire catastrophe de l'humanité. Ça lui changeait quoi, à lui, que je m'appelle Jade ou Brenda aujourd'hui ? Une chance qu'une caissière a échappé un paquet de lames de rasoir à ce moment-là ; il est parti en courant intervenir en champion.

Je refusais qu'il pète ma bulle plus longtemps. Même si j'aurais voulu le supplier de me laisser porter le nom de Jade tous les jours ; je pouvais jeter mon nom aux ordures vu qu'elle avait abandonné son *nametag* dans le tiroir. Les clients se sentiraient aussi bien accueillis. Mais je n'aurais jamais osé le supplier. J'étais certaine qu'il allait vérifier le tiroir des employés dès mon *shift* terminé, pour s'assurer que le *Jade* y était.

Je le déteste, mon gérant, il me parle comme si j'avais douze ans, lui qui est à peine plus âgé que moi. Il se croit tellement puissant, toujours sa carte-gérant autour du cou, même lorsqu'il sort dîner. Sa petite veste de gérant bleu marine, sans manches, différente de celle des commis et des caissiers, pour bien se différencier. Il se promène dans la pharmacie comme un coq dans le poulailler, en flippant sa carte de gérant entre ses doigts, à la recherche d'un employé à réprimander, d'un produit posé au mauvais endroit ou d'un étalage désordonné. S'il trouve un pot de crème parmi les dentifrices ou un paquet de gomme sur la tablette des vitamines, il jubile et appelle un commis. Immédiatement. Puis il désigne en silence l'intrus. Il doit être bon au jeu des erreurs et différences.

Jade a démissionné il y a peu de temps pour partir travailler en Australie. Du jour au lendemain, comme ça, elle est partie sans demander son reste. J'aimerais ça, moi aussi, aller travailler en Australie, mais c'est impossible. Jade a beaucoup de courage. Du courage et de l'ambition. Mais t'sais… j'aimerais bien la voir si elle s'appelait Nancy.

Avec son *nametag*, je me sentais forte comme une gagnante. Je n'avais peur de rien. D'habitude, j'attends que les clients viennent vers moi avec leur liste de commissions. Mais, là, j'allais les accueillir à l'entrée pour leur parler de *mes* promotions, en les couvrant de compliments sur leur look, une main délicate posée sur l'épaule. Jade a toujours été la plus cool des employés, et j'étais aussi fraîche qu'elle. Elle avait pris ce boulot pour amasser l'argent du billet d'avion, elle voulait voyager partout avant de se poser, pour faire plein de bébés avec un Chilien, un Africain ou un Allemand. Je portais son nom contre mon cœur et je m'imaginais en Australie. Je m'imaginais partout. Même à Hawaï. Mon gérant allait réclamer le *nametag* à la minute où j'allais avoir punché, juste pour me montrer que c'est lui le boss. Alors je voulais en profiter. Je ne sais pas si c'est vrai, mais Donald m'a juré avoir croisé mon gérant au Dollarama avec sa femme, une matrone sans pitié qui le dénigrait devant tout le monde. Il s'appelle Kevin et porte très bien son nom. Les Kevin sont souvent cons, même Jade était d'accord. Elle ne l'aimait pas non plus. Elle disait qu'il avait un coquillage à la place du cerveau ; en tendant l'oreille vers lui on entendait le vent.

Jade m'a parlé de la critique d'un livre sur les prénoms qu'elle avait lu dans *Globe and Mail*, et qui mentionnait, entre autres, les Kevin : « Y se trouvent ben *hot*, mais c'est juste des estie de caves ! » Elle me racontait ça en riant, me disant de ne pas m'en faire avec cet abruti de gérant. En le baptisant Kevin, ses parents ont décidé d'élever un cave. « Faut que tu lises l'article, Brenda, tu vas rire en maudit ! » Jade m'a expliqué que l'article contenait plusieurs exemples de prénoms analysés par l'auteur du livre : Ben est un gars fiable, on peut toujours compter sur lui. Dave, quant à lui, est un *drop out* qui vend de la poudre à Saint-Jérôme et qui dérange dans un party tellement il est scrap. Émilie est belle, mince, mais manque d'assurance, et Alice est une chipie. J'aimerais savoir ce qu'on raconte sur les Brenda dans son article. Je le lirais tout de suite si je le pouvais. Dommage qu'une Brenda québécoise, ça ne comprend pas l'anglais. Et ce n'est pas la seule limite, je suis sûre que son livre le dirait. Jamais je ne pourrai avoir une job importante, genre une grande avocate qui plaide la défense d'une victime de fraude, comme le pauvre Harry Quebert. Son histoire est si épouvantable qu'on a fait un film sur sa vie. Une chance qu'il s'en est sorti, il était innocent. Il n'a jamais tué personne, il a juste volé le manuscrit d'un retardé. Brenda ne plaide pas de grandes causes au Palais de justice ; elle travaille sous la supervision de Kevin au rayon du Cutex. Chacun sa place, même la plus abaissante.

Mais peu importe toutes ces histoires de prénoms. J'étais Jade et je me pavanais dans la pharmacie, la tête haute, avec son attitude. L'assurance dans le tapis !

J'imaginais donner ma démission à Kevin, insouciante. Batifolant... J'ai trouvé mieux ailleurs et je pars travailler très loin, moi aussi. C'est formidable comme je me sentais au-dessus de tout. Et belle. Resplendissante même ! Les clients me regardaient différemment, je le voyais dans leurs yeux. La cliente élégante m'a souri, elle est même venue me demander des conseils :

— Quelle crème de nuit tu prends, toi, pour avoir une aussi belle peau ?

J'ai senti qu'elle avait envie de placoter un peu, alors je me suis lancée.

Je lui ai dit tout ce que je savais sur ma crème préférée, je lui ai même confié mon secret que je ne dis jamais à personne. Je ne pouvais croire que j'avais toute son attention. Ma cliente devait mettre de la vitamine D sur son visage au moins une fois par semaine, avant de se coucher. Elle pouvait aussi en mettre sur tout le corps, une fois par mois, pour avoir la peau lisse partout, même sur les genoux.

— Je mets un pyjama de coton pour pas coller dans mes draps, et le lendemain matin je prends une douche en me levant. Pis je vais au hammam une fois tous les trois mois.

— Au hammam ?

La cliente élégante voulait connaître tous mes secrets.

J'ai voulu l'inviter à m'accompagner, mais je n'ai pas osé. La dernière fois que j'y suis allée avec Lady, j'étais un peu gênée ; elle me jasait en frottant ses gros totons, en les soulevant pour étendre du savon noir partout, même dans ses plis. Je ne voulais pas que la cliente élégante me voie comme ça, même si je n'ai pas de gros totons à soulever.

— C'est un spa marocain à LaSalle, c'est pour enlever la peau morte. C'est fou comme ça fait du bien et qu'on a la peau douce après !

La cliente élégante a tout noté. Je l'ai même vue prendre un pot de vitamine D avant de se diriger vers la caisse. J'étais fière de moi. Je regrettais seulement de ne pas en avoir profité pour lui demander son nom. Maintenant que je la connais bien, je dirais qu'elle porte un nom classique et éternel, comme Isabelle, Michelle ou France. Ma cliente est une beauté internationale.

J'avais l'impression de pouvoir faire tout ce que je voulais. Si le beau client était passé, je lui aurais demandé son numéro de téléphone. Je niaise même pas. Je l'aurais invité à souper, même. À L'Express, avec toutes les vedettes ! Je suis certaine qu'aujourd'hui il aurait dit oui.

J'ai quitté le travail en gardant le nom de Jade sur moi. Mon gérant ne m'a pas vue partir, je suis sortie en courant tout de suite après avoir punché. Juste au cas où il voudrait me l'enlever. Cas probable à cent pour cent.

J'ai fait toutes mes courses avec le *nametag*. Ça me rappelait un peu Kevin avec sa carte de gérant toujours au cou… j'avais un peu honte, je ne voulais pas faire comme lui. Kevin montre sa carte partout où il va, à tout le monde, comme si c'était une passe à vie super cool, genre du Beach Club ou du Moomba. Il se pense trop bon avec ses grandes responsabilités compliquées de gérant, il se croit meilleur que nous parce qu'on a bien voulu lui accorder un peu d'autorité. Faudrait pas qu'il devienne policier.

J'étais incapable d'enlever le *Jade* tout de suite, des choses formidables m'arrivaient : le gars du Sushi Shop a mis deux morceaux de plus dans ma boîte, « gratuits à goûter », qu'il m'a dit. Je n'en revenais pas. Ce n'est pas tout : le commis aux dégustations à la SAQ a mis beaucoup plus de vin dans mon verre que dans celui des autres clients, en me souriant, et le chauffeur d'autobus m'a laissé passer même si je ne trouvais pas ma passe dans le fond de ma sacoche. Il a dit : « C'est OK pour toi, ma belle, ça sera notre petit secret. » Je n'avais pas besoin de plus de preuves. Je resplendissais !

Donald était parti lorsque je suis rentrée chez moi. Il a pris soin de plier les draps que je lui avais prêtés, de m'écrire une petite note et de nettoyer la cuisine avant de partir. J'ai trouvé ça mignon. Je me sentais mal de l'avoir maudit plus tôt. Après tout, Donald m'a rendu un grand service, malgré lui. C'était grâce à lui que j'avais porté un joli nom toute la journée, que j'étais devenue une vraie gagnante. Je lui en étais reconnaissante.

Le pauvre a marché jusque chez Lady pour appeler son propriétaire et récupérer un double de ses clés. J'étais soulagée qu'il ne m'ait pas attendue, de découvrir mon appartement vide de sa présence, de son pénis et de ses maudites histoires plates. Ce n'est pas un crime de vouloir savourer les bonheurs de sa journée seule. Sans être prise à écouter de vieux malheurs. J'avais le droit.

C'était merveilleux de repenser à ma conversation avec la cliente élégante, les yeux fermés, de revivre ce sentiment de liberté. Libre de l'ombre de mon prénom. J'essayais d'imaginer mon autre vie : la plus populaire de l'école secondaire, la reine du bal, des études supérieures à l'université. La grande vie de star, la grosse maison sur le bord de la mer et le chalet dans les montagnes. Le chien pure race et les enfants inscrits à l'école privée. Un mari célèbre en couverture du *GQ* et toutes les filles du monde jalouses de moi, la grande directrice de L'Oréal ou de Maybelline, au volant d'une Mercedes blanche. Je méritais la totale.

J'avais envie d'inviter Rolland à prendre un verre, pour qu'il me voie briller et regrette de m'avoir perdue à tout jamais, mais je ne l'ai pas fait. Ce n'était pas une bonne idée. Il n'aurait pas compris ce que je vivais, il est trop con. Je ne voulais surtout pas prendre le risque de le voir saboter ma soirée, me disant que je ne m'appelle pas Jade, genre. L'imbécile. Tant pis pour lui. Qu'il reste avec sa petite réceptionniste de marde.

J'ai ouvert une bouteille de vin blanc et je me suis installée sur mon sofa, avec le *nametag* de Jade encore sur moi. J'ai mis un drap avant de m'allonger, juste au cas où une particule du souvenir du Mexique de Donald voudrait se coller contre ma belle peau satinée, et je me suis mise à rêver à tout ce qui m'attendait. Toutes les occasions que j'allais rattraper. Je savais ce qu'il me restait à faire.

Mon gérant m'a téléphoné le lendemain matin pour me donner l'horaire de la semaine ; Kevin a engagé une nouvelle fille aux cosmétiques et c'est moi qui devais l'entraîner. Juste avant de raccrocher, il en a profité pour me dire de rapporter le *nametag* de Jade. J'étais irritée. J'aurais volé un parfum de Christian Dior qu'il ne l'aurait pas remarqué. Kevin détruisait toutes mes chances avec le beau client. Il a gâché mon dimanche.

En rentrant au travail, le lundi suivant, j'ai tout de suite couru retrouver Denise au comptoir postal. J'avais hâte de lui raconter les détails de mon samedi et toutes les choses extraordinaires qui s'étaient produites depuis : ma grande conversation avec la cliente élégante, le regard des gens, l'assurance et la liberté qui m'avaient soulevées toute la fin de semaine…

— Denise ! Tu devineras jamais quoi !

C'était évident qu'il fallait que je change mon nom, et mes amis devaient m'aider à trouver des raisons sérieuses pour convaincre le gouvernement. « C'était juste fou samedi ! J'étais genre une vedette ! Jade a laissé son *nametag* dans le tiroir pis je l'ai mis ! C'était malade ! »

— Allô, Brenda. C'est ben le fun… mais, là, y a du monde.

Denise était beaucoup trop occupée pour m'écouter comme je le voulais ; elle hochait la tête en me donnant des coups d'œil distraits, poursuivant sa conversation avec une cliente sur la mort d'Agathe dans *Unité 9*. « Ç'a pas de bon sens ! Je l'aimais tellement, cette petite fille-là, c'était mon IPL préférée ! Y auraient dû tuer l'autre… »

Je ne m'appelais plus Jade, je n'avais aucune chance de me faire entendre. Son drame était beaucoup plus important que mes bonnes nouvelles.

Je suis remontée prendre ma place, pas mal frustrée. Denise m'avait ignorée dans un moment crucial, je ne voulais plus jamais lui parler. Mon calvaire a empiré lorsque Kevin est venu m'annoncer que je n'avais pas à entraîner la nouvelle puisque j'étais l'heureuse responsable du concours du pot de billes pour les deux prochaines semaines. C'est toujours la fille des cosmétiques qui est pognée à gérer cette niaiserie-là : un pot, des billes et des participants. Une idée de Kevin. Si un client arrive à deviner le nombre exact de billes dans le pot, il gagne un gros panier de produits de beauté. Kevin parle encore du jour où il a proposé son idée de génie au patron de la pharmacie et de l'enthousiasme que le concours a soulevé à la grande direction. C'est pitoyable.

Si j'étais encore Jade, ça serait différent. Je sourirais de toutes mes dents et tous les clients feraient semblant de s'intéresser au concours du pot de billes dans le seul but de m'approcher. Mais, là, j'avais l'air bête en estie. Les clients ne voulaient pas discuter avec moi. Bien sûr que non. Ils venaient me voir juste pour participer, dans l'espoir de repartir avec le maudit panier.

Je rêvais d'envoyer chier Kevin, lancer le pot de billes par terre et m'en aller en sacrant. J'ai toujours rêvé faire un drame digne d'une femme balance. Mais j'avais besoin d'argent pour mon voyage dans le sud.

J'ai pris ma semaine de vacances annuelle en même temps que celle de Denise, on avait décidé de partir ensemble à Cuba. La plus ancienne a priorité sur toutes les autres filles quand vient le temps de choisir ses dates de vacances. Je ne pouvais pas démissionner tout de suite.

Denise magasinait les forfaits de dernière minute sur les conseils de Lady, qui commentait chaque région comme si elle y était déjà allée. Lady avait suggéré Varadero, Holguin ou Cayo Coco. C'est elle qui nous a convaincues d'aller à Cuba plutôt qu'au Mexique ou en République dominicaine – qu'elle trouvait trop touristiques, mais où elle n'avait jamais mis les pieds –, et Denise lui faisait entièrement confiance. Lady tripe sur Cuba, elle en parle comme si c'était l'avant-première des merveilles du monde. J'imagine qu'elle peut cruiser en masse, là-bas, c'est pour ça qu'elle s'emballe à ce point-là. Tant mieux pour elle. On devait acheter notre voyage le week-end suivant, et je ne pensais qu'à ça. Cuba, les plages et les palmiers. J'allais y être pour de vrai, il n'y avait plus aucun doute.

Denise m'a invitée, le dimanche suivant, pour finaliser le plan de nos vacances. Un événement historique. Je n'étais jamais allée chez Denise durant un week-end, pas une seule fois en quinze ans. Mais, là, c'était différent. Elle s'envolait, elle aussi, pour la première fois, et ne contenait plus son excitation. Elle m'a juste demandé d'apporter des collations. N'importe quoi, ce dont j'avais envie, mais « pas de peanuts, pas de chips, pas de petites carottes, pas de houmous, pas de bretzels, pas de Ritz, pas de pizzas, pas de nachos, pas de trempette, pas de biscuits aux pépites... » J'ai proposé des saucisses à cocktail, mais elle a tranché pour des céleris, du Cheez Whiz et – une petite folie – un paquet de Ficello parce que c'est amusant.

Sur les conseils de Lady, Denise a sélectionné trois *resorts*, les moins chers de chaque endroit, qu'on devait analyser avec grande attention avant de faire notre choix. Fallait également justifier notre décision par des arguments intelligents. Mais je m'en foutais, je n'avais pas envie de me battre. Tout ce que je voulais, c'était quitter cette maudite vie plate et essayer mon nouveau nom. Voilà mon argument intelligent.

Ç'a tellement bien fonctionné avec « Jade » que j'ai décidé de faire un petit ajout à mon prénom. Marie-Brenda. Personne ne me connaît à Cuba, alors je vais pouvoir tester les réactions. Avec le temps, si tout va bien, je deviendrai Marie tout court. Ceux qui ont des noms composés font souvent ça, utiliser juste le plus joli. Ma mère voulait m'appeler Marie, alors je ne mens presque pas. C'est aussi le premier nom de toutes les filles catholiques du monde. Le meilleur des compromis.

Le concours était enfin terminé, mais personne n'avait gagné le panier. Je m'apprêtais à descendre ranger le pot de billes au sous-sol lorsque j'ai eu une idée : faire corriger mon *nametag* en rentrant de vacances. Fallait essayer le « Marie » auparavant, mais je devais m'informer de la procédure, pour voir si c'était simple. Pour être prête à tout. J'aurais dû attendre mon retour, Kevin était de mauvaise humeur à cause du concours qui n'avait fait aucun gagnant cette année. Alors il a refusé.

— T'aurais dû y penser avant. Y est gravé, y est trop tard. Les procédures de gérant sont trop compliquées.

— Mais je vais le payer, le nouveau !

J'avais l'air d'une enfant devant un kiosque de barbe à papa.

— Pourquoi faire que tu t'appellerais Marie-Brenda, astheure ?

— Je me suis toujours appelée de même, j'utilisais juste pas le « Marie » à cause de l'Église.

Je mentais comme un arracheur de dents, j'espérais qu'il ne s'en doute pas.

— Et pour quoi faire que tu veules l'utiliser, astheure, ton Marie ?

J'ai abandonné l'idée parce que je ne savais pas quoi répondre et j'ai eu peur que Kevin veuille jeter un coup d'œil à mon certificat de naissance ; il était capable de me dénoncer à la haute direction s'il se rendait compte que je mentais sur mon identité. Pire encore, il était assez idiot pour me croire espionne d'une autre pharmacie.

Je lui ai dit qu'il avait raison, que j'aurais dû y penser avant et qu'il était trop tard. Pour qu'il se sente puissant. Pour qu'il en oublie ma demande pour toujours.

Je suis rentrée à pied, en rêvant à mes vacances à Cuba. Denise a choisi le *resort* de Varadero parce que Lucie, sa copine du comptoir des ordonnances, l'a déjà visité avec sa famille et prétendait qu'il y avait beaucoup d'activités, en plus de divertissants spectacles tous les soirs. Lucie était son argument intelligent.

Tout me convenait. Je pensais aux occasions que j'allais rattraper, à ma vie qui allait changer et au bonheur dans lequel j'allais patauger. « Bonjour, je m'appelle Marie-Brenda, mais tout le monde m'appelle Marie. » J'allais bientôt sortir de ma coquille pour de vrai et tout changer. Rien de ce que pouvait faire Kevin n'allait gâcher ma nouvelle vie.

Marie-Brenda

L'avion a décollé à 7 heures 45 du matin. Je regardais Montréal s'éloigner par le hublot en pensant à ce que j'abandonnais en bas. Rolland et tout ce que j'étais avant. J'ai souri en voyant l'orange Julep depuis le ciel, on ne la voit jamais d'en haut habituellement. Je me sentais au-dessus de tout. Denise m'a tendu un biscuit pour me sortir de mes rêveries.

— Un chacune pour donner le ton de notre semaine de vacances !

J'étais un peu agacée. Denise a voulu organiser notre semaine aux quinze minutes près, avant même d'avoir mis le pied dans l'avion. En attendant l'embarquement, elle a sorti son calendrier de poche, inscrit « Départ » et « Retour » dans les cases appropriées, et voulait maintenant qu'on remplisse les autres dates. Tout de suite. Ce n'est pas pour sortir de la routine, les vacances ? J'aurais dû partir avec Lady.

— Envoye, Brenda, ouvre ta fortune ! Pis, après, on planifie !

J'avais envie de lui écraser son biscuit en plein front. J'espérais fuir ma petite vie minable pour la semaine, non l'emporter en vacances avec moi. Je me suis contentée de briser le biscuit et de lire le message avec très peu d'enthousiasme, en espérant qu'elle renvoie sa routine l'attendre à la maison comme un petit labrador bien dressé. *Une amélioration va se passer bientôt.*

En lisant ça, Denise a laissé éclater sa joie si fort que l'agent de bord est venu nous voir en courant pour s'assurer que nous n'avions pas peur de l'avion.

— Tu vois, Brenda, tout est possible dans' vie, même quand tu y crayes pas !

Elle s'est ensuite empressée de déballer le sien : *Changez cet air maussade pour un sourire.*

— Je pense que j'ai pigé le tien, Brenda ! a-t-elle ajouté en riant.

Denise était ravie. Cette *amélioration* était le sourire qui allait bientôt remplacer mon air maussade, elle n'en doutait pas une seconde. C'est vrai que j'aurais dû piger son biscuit.

Denise était attachante, malgré tout; elle s'envolait pour la première fois, comme les lettres et les colis qu'elle timbrait, même pour le Japon. « Je me demande si y a un de *mes* paquets dans l'avion ! » Puis elle a bondi de son siège en me criant aux oreilles : « Eille ! Regarde, Brenda ! On arrive ! Regarde, y a des palmiers ! Des palmiers, Brenda, des beaux palmiers ! »

Je regardais les palmiers en soupirant. J'ai passé une bonne partie du vol à essayer de me rappeler le contenu de ma valise, pour réussir à remplir toutes les cases du calendrier de Denise, qui commentait chacun de mes choix : « T'es-tu sûre que tu veux porter ça pour le spectacle de bienvenue ? Me semble que c'est pas assez chic. » Elle aurait dû faire mon bagage à ma place. Je l'ai laissé hésiter toute seule sur le choix de mes robes et de mes camisoles, sur le nombre de mojitos ou de Cuba Libre qu'on avait le droit de boire pour rester raisonnables et profiter des activités du matin, jusqu'à ce qu'elle remette enfin son calendrier bien rempli dans sa sacoche en plastique transparent jaune et orange. Un cadeau qu'elle s'est offert avant de partir, une sacoche spécialement conçue pour la plage et qu'elle ne cessait de caresser. J'ai eu un petit cinq minutes de silence pendant qu'elle se pâmait devant les palmiers. Je pouvais relaxer avant le début de ma vraie vie. Pas grave si Denise refusait de changer sa petite routine plate, c'étaient mes grands changements qui comptaient. Comme l'amélioration qui allait se passer bientôt.

Mon nom faisait des ravages. Chaque fois que je croisais un Cubain, il courait vers moi en criant : « *Brenda-Maria, woman of my life!* » Tout le monde voulait passer du temps avec moi, je ne savais plus où donner de la tête. Les sauveteurs, les serveurs, les barmen, le sommelier… on me cherchait tout le temps partout.

Je pensais à Rolland et à tout ce qu'il ratait. Tant pis pour lui. Les gens à Cuba sont beaucoup plus intéressants, ils me faisaient oublier tout ce qui le concerne. Ici, on me regardait dans les yeux, on me complimentait sans arrêt. On me regardait vraiment. Pas comme Rolland, qui a toujours été incapable de voir au-delà de mon nom. Il va avoir des tas de regrets, c'est évident. Un nom, ça se change. Mais un con, ça reste con.

Je voulais profiter au maximum de toute cette attention, de ce statut de reine qui venait avec mon nouveau prénom. On ne m'avait jamais courtisée comme ça. Brenda est morte! Longue vie à Marie-Brenda! Une fille aussi *hot* que moi sur l'île, le mot s'est passé vite. Tous les employés de l'hôtel me demandaient combien de temps je restais à Cuba, ils ne voulaient pas me laisser filer avant de prendre le temps de me connaître. « *When are you leaving, Brenda-Maria ?* » J'étais très sollicitée. Et ce que j'aimais par-dessus tout, c'était lorsque les Cubains m'indiquaient l'heure à laquelle ils finissaient de travailler sans que je le leur demande. Surtout s'ils me prenaient par la taille et me caressaient la main. En espérant avoir une *date*, je le sais bien. On ne peut pas m'en passer une ! Je me sentais tellement spéciale. C'est ça, avoir l'embarras du choix.

Le jeune sauveteur à la plage m'a approchée à l'instant où j'ai posé mon pied dans le sable :

— *What is your name ?*

— Marie-Brenda !

— *Mmmmmm... Can we meet later ?*

Il voulait sortir avec moi. M'épouser même ! L'autre sauveteur aussi, celui de la piscine, qui me demandait douze fois par jour pourquoi je n'étais pas mariée ; j'étais trop belle, selon lui, pour être célibataire. Le serveur du bar, lui, m'invitait tous les soirs à le rejoindre sur la plage. Moi, la femme de sa vie. Mais tous les employés de l'hôtel s'essayaient *anyway*, je n'étais pas surprise. Comme le vendeur de cigares, à la boutique, qui ne comprenait pas, lui non plus, pourquoi j'étais seule. Et le gardien de sécurité du site. Celui-là était trop pressé : il m'a invitée à venir le rejoindre *dans* la piscine, à vingt heures, comme si j'étais une fille facile. Ça m'a insultée. Une fille comme moi mérite d'être courtisée. Je n'accepte pas les propositions vulgaires. En même temps, comment lui en vouloir ? Il était en concurrence avec l'autre gardien de sécurité, celui de l'hôtel, qui essayait de me séduire avec ses mots doux. Et ce n'est pas tout. Le jardinier me fabriquait tous les jours des fleurs en feuilles de palmiers pliées. « *A flower for a flower* », qu'il me disait chaque fois en m'offrant ses bricoles. Le sommelier me proposait le service à ma chambre si je le voulais, en français en plus : « Tu as besoin de *room service* plus tard ? » Service privé juste pour moi, il me l'a dit. Les autres clients n'avaient pas droit au service à la chambre. Jamais je n'avais eu autant d'attention. J'étais une vedette.

La vedette du Club Amigo. Tout le monde aimait Brenda-Maria, tout le monde voulait sortir avec moi !

J'ai finalement craqué pour Eduardo, le sommelier, et lui ai accordé le plaisir de m'offrir le service privé à ma chambre. Fallait bien profiter de tous les petits extras exclusifs qu'on m'offrait. Ça n'a pas été facile de choisir l'élu de mon cœur, j'ai dû peser le pour et le contre de chacun de mes courtisans pour prendre une décision éclairée. C'est compliqué, avoir autant de choix. Ça doit être pour ça que les gens cool restent célibataires longtemps.

Mon choix s'est arrêté sur le sommelier parce qu'il m'aimait plus que tout. Eduardo est celui qui a fourni le plus d'efforts pour attirer mon attention. J'ai tout noté. Il a tout fait pour me plaire. Tout. Même offert une bouteille de vin à mon arrivée. Je le trouvais sexy dans son uniforme noir et blanc, avec sa cravate blanche et ses boutons de manchettes, et c'était le seul à parler français. Il me plaisait, à moi aussi. Eduardo a même avoué avoir été jaloux en me voyant parler au sauveteur de la plage, c'est tellement mignon. Rolland n'était pas jaloux. Mon sommelier m'a dit que les sauveteurs sont de très mauvais garçons et que je ne pouvais pas leur faire confiance. J'étais habituée au discours, tous les Cubains me servaient le même. Ils étaient tous jaloux de me voir discuter avec un autre. La concurrence était féroce pour attraper le cœur de Brenda-Maria ! J'allais en profiter en masse.

Soirée Coco Bongo. Des robes rouges qui volent au vent, des boas autour des cous, des souliers à talons hauts… Je n'avais pas de robe rouge ni de boa, mais j'avais une robe qui volait au vent, moi aussi. Une belle robe fleurie avec des soleils. Mes cheveux étaient détachés, pour faire *beach bum*, et je portais mes sandales dorées, celles que je réserve pour les grandes occasions.

Durant le spectacle, l'animateur a invité quelques filles à le rejoindre sur la scène, pour danser avec lui, et il m'a choisie en premier. J'étais tellement excitée. L'animateur ne choisissait que des *chicks*. Brenda-Maria était une *chick*, il n'y avait plus aucun doute !

Eduardo me regardait en souriant, je me déhanchais sur la scène, au milieu des autres filles. J'essayais de me démarquer, pour gagner toute son attention. Mais je ne dansais pas comme une salope, juste comme une femme libérée. Une salope, c'est vulgaire, ça fait des mouvements grossiers et sexuels, dans l'unique but d'attirer un homme. Une femme libérée est émancipée et sensuelle, elle dégage un parfum d'insouciance. J'imitais les grandes danseuses de salsa en secouant mes cheveux dans tous les sens, faisant virevolter ma robe pour qu'il découvre un peu mes cuisses, remuant les fesses comme Shakira. Eduardo me désirait plus que tout, je le voyais dans ses yeux, il me regardait comme s'il n'avait jamais vu de danseuse aussi extraordinaire. Une danseuse aussi chaude et sexy. C'est Brenda-Maria qui dansait, c'est elle qui me libérait de mon corps trop coincé et qui faisait craquer mon beau sommelier. Brenda n'existait plus.

Eduardo est venu me rejoindre après le spectacle Coco Bongo, pour me souffler à l'oreille : « Tu me plais, Brenda-Maria », en me serrant contre lui. Je me sentais belle et envoûtante. Marie-Brenda l'emporterait sur Jade, je ne l'aurais jamais cru. Jade attirait les gens, mais pas de la même façon. Avec Jade, les gens restaient distants. Ils étaient intéressés, mais juste comme des clients. Marie-Brenda attirait les foules, les gens étaient captivés comme des admirateurs enflammés. J'étais contente que Denise ne soit pas venue à la soirée – même si, comme le dit souvent Donald, elle peut me servir de faire-valoir à certaines occasions –, car elle m'aurait empêchée de briller. Je ne voulais pas que mon beau sommelier croie que j'avais des amies rejets. Je préférais qu'il s'imagine que j'étais une princesse du Canada, riche et populaire, avec plein d'amis multimillionnaires. Des amis vedettes, aussi. Aucune personne populaire n'accepterait de se tenir avec Denise. Eduardo m'a tirée de mes pensées en m'offrant de me raccompagner, service d'escorte juste pour moi. Je ne m'attendais pas à autant de galanteries.

— Heu… je peux pas… mon amie dort. Ben… c'est pas vraiment mon amie, c'est plus une collègue de travail, mais en tout cas elle est couchée.

— Nous aller sur tú balcón. Tengo vino dans mon sac…

De la grande sommellerie juste pour moi, je n'avais pas le choix. J'ai laissé Eduardo me ramener et, comme je l'avais deviné, Denise dormait déjà. Elle a passé la soirée à regarder la télévision parce que le spectacle ne l'intéressait pas : « La Coco Bongo est un peu trop flyée pour moé, pis, *anaway*, j'ai le goût de regarder le câble à' soir facque j'vas me gâter. »

Tant mieux. J'ai pu me trémousser devant Eduardo autant que je le voulais. Avec Denise, il faut toujours rester assis, et je suis gênée de faire ma cochonne devant elle.

On est entrés sur la pointe des pieds, pour ne pas réveiller ma « collègue », et disparaître ensuite sur le balcon, derrière les rideaux. C'était parfait. Avec le bruit de l'air conditionné, Denise ne se réveillerait pas.

Eduardo a ouvert la bouteille de vin *empruntée* au bar, rempli nos verres, deux petits gobelets en plastiques ramassés en vitesse dans la salle de bains, et m'a laissé prendre une petite gorgée avant de s'avancer lentement vers moi, les yeux débordant de désir. Je ricanais, timide. La passion le brûlait. Il s'est ensuite collé contre moi, pour mieux agripper mes fesses et me donner de coquins coups de bassin.

— *I want you, Brenda-Maria*, qu'il m'a soufflé à l'oreille d'une voix grave et séduisante, avant de se jeter sur mes lèvres.

Il n'en pouvait plus, ma danse suave l'avait allumé.

Le problème, c'est qu'il m'embrassait trop vite, j'avais de la difficulté à suivre le rythme. J'essayais de l'embrasser à mon tour, mais je n'arrivais pas à gagner sa bouche. Il m'empoignait partout ; le cou, les épaules, le ventre, la poitrine… à la vitesse de la lumière. J'avais l'impression d'être en attente, la bouche grande ouverte, la langue à l'affut d'un autre baiser. Un baiser qui passait trop vite pour être consommé. J'allais lui dire de ralentir – on avait toute la soirée, après tout –, lorsqu'il m'a demandé si j'avais un condom.

— Heu… non, que je lui ai répondu un peu surprise par la question.

Pourquoi j'aurais ça ? Je n'avais pas l'intention de coucher avec lui. Je n'ai pas eu le temps de lui en faire part, il était déjà parti. « *Yo back !* » qu'il m'a lancé avant de disparaître dans la noirceur de la chambre et des ronflements de Denise.

Pauvre Eduardo, il rêvait ; jamais une belle Canadienne populaire comme moi n'avait dû l'inviter dans sa chambre. Il voulait profiter de cet instant mémorable qui ne se reproduirait sans doute jamais. Mais il allait devoir se contenir.

Je suis sortie attendre mon beau sommelier à l'extérieur, je ne voulais pas qu'il rentre dans la chambre aussi vite qu'il en était sorti et qu'il réveille Denise. Il avait ouvert la porte-patio d'un geste brusque, traversé la pièce en courant et quitté en claquant la porte, comme si Denise n'était pas là. Je devais lui rappeler la présence de ma « collègue », qui d'ailleurs n'aimerait pas que je ramène un homme à la casa. La pauvre dormait vêtue d'une jaquette en flanelle, un masque, un appareil dentaire et une espèce de pince-nez, censé l'empêcher de ronfler. Je n'avais pas l'air très populaire à côté de *ça*. Mais peu importe. Eduardo est revenu, vainqueur, condom en main et sourire aux lèvres, et m'a suppliée de retourner sur le balcon, où il s'est à nouveau lancé sur moi en essayant de me déshabiller. Je me suis retirée de son étreinte en ricanant. Je devais lui rappeler qu'on avait tout notre temps et qu'il devait d'abord me courtiser. « Mais c'est mieux comme ça… », m'a-t-il soufflé à l'oreille, en essayant de déboutonner ma robe. Je commençais à le trouver un peu trop impatient. Faut savoir se maîtriser en présence d'une dame de la haute société.

— Jamais le premier soir, que je lui ai dit en le repoussant, le menton relevé.

Je n'allais tout de même pas commencer à jouer la fille de joie parce que j'étais à Cuba. Eduardo me regardait avec des yeux de chien battu, en faisant une charmante moue déçue. Je n'ai rien dit.

— Oh la la ! elle est feroz, la Brenda-Maria !

Je me sentais rougir. Par chance, la nuit était tombée, il ne remarquerait pas mon malaise. Je gloussais, coquine, cachant mon visage avec mes mains. Des gestes enfantins tout de suite regrettés. Une vraie gamine. J'ai voulu faire distraction :

— Dans mon pays, je suis super importante, pis tout le monde veut être mon amie, mais je les choisis avec soin facque t'es vraiment chanceux.

Eduardo n'avait pas l'air impressionné. Ou alors il l'était trop et ne savait plus de quelle façon s'adresser à une femme de mon statut. Presque de la royauté canadienne. J'ai repris mon verre de vin en plastique, et j'ai regardé mon cavalier droit dans les yeux, intense, en lui souriant. Puis je me suis assise sur une des chaises du balcon, attendant qu'il prenne place à mes côtés.

— Oh mierda ! qu'il a dit en regardant sa montre, yo dois aller, mon lift está à la recepción.

— Hein ? Tu t'en vas déjà ?

Pourquoi avait-il un lift qui l'attendait tout d'un coup ? Il m'avait pourtant dit qu'il était libre toute la soirée.

— Sí, sinon mon lift va aller sans moi. My God, no vemos le temps passer avec toi, Brenda-Maria…

Je ne savais pas quoi répondre, j'étais immobile et muette.

« J'aime une douche, je peux prendre la tienne ? Coco Bongo estaba Caliente… » Il avait dit ça en se remuant langoureusement.

Eduardo était à l'aise avec moi, ce qui est bien, mais je n'étais pas certaine de vouloir accepter sa demande. Ça me faisait plaisir de le laisser se doucher à l'eau courante, mais j'aurais préféré qu'il ne le fasse pas, pour éviter de réveiller Denise. En même temps, comment le lui refuser; Eduardo n'avait pas vu le temps passer, c'est ce qui arrive lorsqu'on est en compagnie d'une fille millionnaire et célèbre. Et je ne voulais pas qu'il rate son lift, il habitait sûrement très loin dans la jungle.

Je n'ai pas eu le temps de lui dire de profiter de l'eau chaude, il était déjà dans la salle de bains.

J'étais pognée à attendre sur mon lit, assise dans le noir, qu'il termine enfin. Il est resté vingt minutes sous la douche, j'avais peur que Denise se réveille et appelle la réception pour signaler la présence d'un intrus dans sa douche. Dès que j'ai entendu mon invité fermer les robinets, je me suis avancée sur la pointe des pieds, pour lui rappeler de ne pas faire de bruit en sortant de la salle de bains. C'était inutile de le lui rappeler, il est sorti en vitesse, sac en main et cheveux peignés, et a disparu dans le sentier presque en courant.

J'étais reconnaissante, Eduardo n'avait pas voulu réveiller ma collègue, ce qui est très délicat, mais j'aurais aimé jaser encore un peu avec lui en l'accompagnant à son lift, à la réception.

J'étais déçue de ma fin de soirée; l'aventure qu'on venait de vivre sur le balcon était si romantique. La nuit était tombée, mais les lumières des sentiers parvenaient à nous éclairer. C'était comme un dîner aux chandelles, un soir de panne d'électricité. Dans le sous-sol de ses parents. J'aurais aimé qu'il reste un peu plus longtemps.

J'ai fait ma toilette, avant de me coucher, en pensant à ses lèvres gourmandes et à sa peau douce et basanée. J'entendais encore sa voix me souffler à l'oreille à quel point j'étais désirable, une femme de rêve. Ma peau toujours imbibée de son odeur sucrée… mes rêveries ont pris fin subitement. Eduardo a laissé une immense crotte dans la cuvette.

Comment a-t-il pu me faire ça?

J'ai tiré la chasse, dégoûtée, mais la crotte refusait de s'en aller. J'ai essayé de nouveau, encore et encore, sans succès. La crotte flottait comme un ballon de plage au-dessus d'une mer agitée. J'ai fait pipi dessus, dans l'espoir de la faire couler, mais rien n'y faisait. Je suis allée me coucher, découragée, me demandant si je devais changer de cavalier. Un vrai gentleman ne ferait jamais une chose pareille. Je préférais ne pas y penser, c'était sans doute un accident. Je n'avais qu'à me lever avant Denise pour tirer la chasse, la crotte cubaine ramollirait pendant la nuit. Je ne pouvais tout de même pas quitter Eduardo pour une étourderie. Il aurait le cœur brisé.

Denise m'a réveillée d'un cri sec, strident, le lendemain matin. Un cri qui m'a fait bondir du lit, prête à repousser l'envahisseur. Puis elle est sortie de la salle de bains en courant, comme si quelque chose d'effrayant avait menacé de la tuer. Je la regardais, déstabilisée, essayant de rapatrier les morceaux, les yeux collés. Je n'avais pas prévu qu'elle se lève avant moi.

J'ai prétexté ne pas avoir tiré la chasse avant d'aller au lit de peur de la réveiller. Tout simplement. Les toilettes cubaines sont bruyantes et mal pensées.

C'est à Cuba que j'ai découvert à quel point j'étais irrésistible. Je n'avais jamais eu autant d'attention de toute ma vie. Je me souviens lorsque je suis arrivée à Montréal, ça avait été très dur. Avec un prénom comme Brenda, on attire juste le mépris. Parfois même le dégoût.

Pour chasser l'ennui, je m'étais inscrite sur un site de rencontre, le cœur plein d'espoir. Mais quelle erreur !

Mon pseudonyme, bombenaturelle82, m'attirait beaucoup de messages. On voulait savoir qui se cachait derrière. Je consultais le profil de chaque homme qui m'écrivait et je décidais par la suite s'il valait la peine de lui répondre. Si le profil me plaisait, je me lançais : je voulais un homme riche avec une grosse job importante, mais qui ne lui vole pas tout son temps. Je méritais toute son attention. Mon homme devait être propriétaire d'une maison et d'un chalet. Je n'avais pas quitté la Gaspésie pour rien. Je voulais la grande vie et j'avais lu quelque part qu'on doit toujours mettre nos attentes de l'avant si on veut rencontrer la bonne personne. En plus, quand on pense très, très fort à ce qu'on veut et qu'on le demande à l'univers, ça arrive. Je le sais, j'ai lu *Le secret.* Alors je voulais me marier dans les deux prochaines années, maximum, un mariage de deux cents cinquante personnes, minimum, et avoir trois enfants. Un garçon d'abord et deux filles par la suite. Il n'y a rien de plus attirant qu'une femme qui sait ce qu'elle veut. Je demandais aussi que mon homme sache cuisiner, aime les petits chiens et n'ait aucun problème à m'accompagner magasiner. Un homme doit savoir conseiller sa femme sur le choix de ses tenues, ainsi que sur sa coiffure et la couleur de ses manucures. Je dévoilais mon atout à la toute fin, la touche de crème fouettée : grande fan de hockey. Puis je signais toutes mes missives par : « À toi pour toujours, ta Brenda xxx », pour faire exaltée et enthousiaste. Le paquet.

Mais personne ne me répondait.

J'avais écrit à l'administrateur, celui qui m'avait personnellement souhaité la bienvenue, pour signaler un mauvais fonctionnement du site, mais, selon lui, il n'y avait aucun problème au niveau de mon compte. J'avais fini par me désinscrire, déçue de mon expérience.

J'ai compris beaucoup plus tard que mes hommes déchantaient à la toute fin de ma missive, à la lecture de la signature. Les femmes qui ont du cran sont très recherchées, même Donald est d'accord avec ça. Mes hommes désiraient la bombenaturelle82 plus que tout, mais pas la Brenda tout court cachée derrière.

Marie-Brenda attirait autant les amis que les soupirants. J'ai rencontré un couple du Plateau-Mont-Royal, une fille de Québec et une autre de l'Abitibi, et même une journaliste qui travaille dans un très grand journal de Montréal. Une critique littéraire. Elle était étendue près de moi, sur la plage, et s'est présentée après avoir fait une blague au serveur. Je me suis présentée à mon tour, fière et sans complexe, avant qu'elle enchaîne sur son travail et dresse la liste des livres qu'elle devait lire et critiquer, et de tous les auteurs qu'elle fréquentait. Je me sentais importante, j'étais assise avec une femme qui connaissait plein de monde connu, et elle voulait être mon amie.

— Tu fais quoi dans la vie, toi ?

— J'ai démissionné la semaine passée pour partir travailler en Australie. J'avais pris une petite jobine juste pour payer mon billet d'avion.

— Pis t'as décidé de venir à Cuba pourquoi ?

Oups, c'est vrai, pourquoi j'étais à Cuba si je devais partir en Australie ?

— Pour me reposer un peu avant le grand départ…

Ouf. Je ne savais pas grand-chose de l'Australie à part Skippy le kangourou, une chance qu'elle n'a pas insisté. Elle voulait plutôt discuter du livre qu'elle était en train de lire : *Portrait d'une femme en glace* de Claudine Gauthier.

— Perds pas ton temps avec ça ! À moins que ça te tente d'entendre parler de pet sauce. Moi, ça m'écœure ben raide. *Anyway*… Viens-tu à la soirée de danse latino ce soir ?

— Oui, je veux pas manquer ça !

— Facqu'on se voit là-bas ! Là, je vais rentrer faire une sieste.

J'étais un peu gênée à l'idée de présenter Denise à ma journaliste ; une femme qui connaît plein de monde connu n'a sûrement pas envie qu'on l'accapare avec des histoires de romans-savons et de potins de vedettes. Et j'avais peur. Denise m'appelait Brenda devant tout le monde, ça m'enrageait. Mes Cubains ne semblaient pas s'en formaliser, mais les Québécois, oui. Au dîner, elle est arrivée en courant, essoufflée et encore mouillée du cours d'aérobic aquatique, et a hurlé : « Brendâ ! Brendâ ! Tu devineras jamais laquelle toune qui jouait à l'aérobie ! »

Tout le monde me regardait. Je voulais m'enfuir, mais ce n'était pas possible. Je venais tout juste de remplir mon plateau. Pour empirer la situation,

Denise s'est mise à imiter les mouvements du coach, en chantant la toune que j'aurais dû deviner. *Ai Se Eu Te Pego* de Michel Teló, qui jouait aux quinze secondes et que la toutoune adorait. Elle chantait très fort n'importe quoi en se dodelinant : *Nossa ! Nossa ! Ail sur tes pogos, ail, ail sur tes pogos… Delíciâ, delíciâ…*

J'avais honte. Plus pour le *Brendâ* que pour le *Delíciâ.* Mais je ne pouvais pas lui en vouloir, je ne lui avais pas dit pour le « Marie ». Denise aurait essayé de m'en dissuader, m'aurait dit d'accepter mon nom tel qu'il est et de ne pas me laisser abattre par des détails aussi insignifiants. Fatigante. Les *speechs* moralisateurs n'ont pas leur place en vacances.

Denise ne manquerait pas la soirée de danse latino pour tous les rouleaux aux fruits du monde, elle en a parlé toute la semaine : « J'ai assez hâte de me dandiner ! » m'a-t-elle répété au déjeuner en remuant ses grosses fesses devant le buffet de viande froide. Mais tant pis. J'aurai juste à l'ignorer.

Ma dernière soirée de vacances devait être mémorable. Je suis rentrée prendre une douche pour être fraîche et rayonnante pour la danse. Qui sait? L'animateur de la soirée allait peut-être m'inviter à participer de nouveau, fallait être la plus *chick* pour le *stage*. Et pour mon prétendant préféré, avec qui j'avais promis de passer un peu de temps avant de rentrer à Montréal. Notre dernière aventure s'était terminée trop vite, je ne pouvais pas partir sans lui accorder une petite heure ou deux. Jamais je ne lui ferais une chose pareille.

Eduardo était ravi que je lui offre l'apéro avant d'aller rejoindre mes amis à la soirée de danse latino, ça se voyait. Il s'était super bien habillé : une chemise en soie noire déboutonnée jusqu'à la ceinture lui glissait sur le corps, laissant paraître un torse fraîchement rasé sur lequel luisaient plusieurs colliers, dont un qui représentait le drapeau cubain. Il a un peu exagéré sur la Cologne, mais je n'ai rien dit. Je ne voulais pas l'embarrasser.

Eduardo m'a emmenée danser la salsa dans un petit bar de Varadero, une jeune fille du coin m'avait fait des tresses pour l'occasion, sur la plage, pour faire plus locale. Tout le monde me regardait en chuchotant, on devait envier Eduardo. J'adorais toute cette attention.

Après avoir dansé comme des fous, je lui ai offert une limonade, qu'on a bue au bar pendant qu'il discutait avec ses amis. Une fois nos verres terminés, il m'a demandé si j'avais de la monnaie, pour jouer aux machines. Je n'ai jamais été fan des machines, mais je voulais lui montrer que j'étais riche et que je n'avais pas peur du risque. Je lui ai tendu tout ce que j'avais dans ma sacoche, avant qu'il m'entraîne au fond du bar, là où se trouvait la fameuse machine. Ce n'était pas ce que je croyais. Eduardo ne voulait pas jouer au *slot machine*, mais à la machine à attraper des toutous. Un jeu comme on en retrouve aussi chez nous, mais à une exception près : ce n'était pas des toutous que l'on devait essayait d'attraper avec la pince, mais du savon, des brosses à dents ou du dentifrice. J'étais horrifiée. « Joue pas à ça ! que je lui ai dit bouleversée. C'est dégradant ! Faut pas que tu encourages le propriétaire du bar à rire du monde de même ! » Eduardo me regardait en silence, l'air presque amusé. Il devait être touché que je prenne sa défense.

Je sais que les Cubains n'ont rien, mais quand même. Comment le propriétaire du bar osait-il faire une chose pareille ? Et pourquoi le gouvernement acceptait-il cela ? J'ai dit à mon cavalier de ne pas s'en faire avec du savon et du shampoing ; j'allais lui donner tout ce qu'on avait à la chambre, Denise et moi, avec de l'argent, en plus, pour qu'il se fasse une grosse épicerie et qu'il achète tout ce dont il avait besoin en pharmacie. « Pis t'amèneras tes p'tits frères pis tes p'tites sœurs au McDo ! » Eduardo et ses amis riaient de bonheur, j'avais marqué un point avec mon idée. Il s'est empressé de me prendre la main, de l'embrasser, et de me tirer vers le bar, me disant que je pouvais retirer de l'argent tout de suite avec ma carte de crédit. Le patron ferait une exception pour moi puisque je venais du Canada. Je pouvais bien profiter de mes passe-droits et de ce salaud de proprio qui rit de la population.

J'ai retiré l'équivalent de deux cents dollars canadiens – il en avait besoin plus que moi –, en plus d'offrir une tournée à tous ses amis. Je voulais qu'on se souvienne de moi, Brenda-Maria, la généreuse princesse du Canada. Tout le monde était autour de moi, on me couvrait de compliments et de baisers. J'étais la plus cool des touristes de Cuba, je tenais à le prouver.

Après la quatrième tournée, Eduardo m'a raccompagnée à l'hôtel, jusqu'au pas de ma porte. J'étais pas mal pompette. Il n'est pas entré, il attendait que je rassemble tout ce que je lui avais promis. J'ai rempli le sac en plastique transparent jaune et orange de Denise de produits de pharmacie et de vêtements pour sa famille. Denise ne voyage pas léger. Eduardo m'a saluée, me disant qu'il filait faire l'épicerie avec sa maman. C'est vrai qu'il est gentil, mon sommelier. Dommage que je ne sois pas prête à m'engager dans une nouvelle relation. De toute façon, j'allais avoir tellement de choix en rentrant à Montréal avec mon nouveau nom, je pouvais bien prendre mon temps. Mais ça, je ne l'ai pas dit à Eduardo. Je ne voulais pas le blesser, il était épris.

Je me suis rafraîchie à la chambre avant d'aller rejoindre ma journaliste. Avec tous mes nouveaux *moves* pratiqués plus tôt avec Eduardo, j'allais être la star du plancher de danse. J'avais hâte que ma nouvelle amie me voie danser. Et, si je dansais sans jamais m'arrêter, Denise n'aurait pas la chance de m'envahir de sa présence non désirée.

Mais je ne voyais ma « collègue » nulle part ; elle n'était ni sur la piste de danse, ni au bar, ni dans les estrades… et n'oserait jamais aller seule à la plage le soir, inutile d'aller vérifier.

Était-elle avec une nouvelle amie en train de prendre un verre, quelque part dans l'hôtel ? Peu probable, mais possible. J'étais inquiète, même si je ne voulais pas qu'elle rencontre ma nouvelle amie. Je voulais la savoir en sécurité.

Je me suis installée au bar et j'ai attendu longtemps. Denise n'est jamais venue. Elle avait pourtant sélectionné son kit pour l'occasion depuis longtemps, la soirée de danse l'excitait autant que les biscuits chinois. Comment pouvait-elle ignorer les instructions de la case du jour de son calendrier? Ça ne lui ressemblait pas.

Denise était sans doute déjà retournée dans la chambre, pour s'écraser devant le câble, et je l'avais ratée. C'était la seule explication possible. Je m'apprêtais à aller vérifier lorsque j'ai vu la journaliste se déhancher avec un Cubain et se frotter contre lui comme une salope. Son partenaire lui prenait les fesses à pleines mains et elle le laissait faire, elle qui m'avait semblée si prude. Elle soulevait sa robe et invitait les autres danseurs à se rapprocher, elle faisait même des signes cochons avec sa langue. Ce n'était pas très élégant. L'animateur a mis sa tête entre ses deux seins, et ma journaliste comprimait sa poitrine pour lui en mettre plein la vue. Ça me paraissait plus grossier qu'une affaire de pet sauce. Les gens changent rapidement de costume. J'ai décidé de la laisser se faire tripoter et je suis repartie. Je n'avais plus envie de faire la fête avec elle, je suis une dame libérée, moi, pas une dévergondée.

En prenant le sentier qui contourne la deuxième piscine – celle qui est isolée et où les couples vont s'embrasser –, j'ai entendu le bruit des vagues. J'ai fermé les yeux pour savourer cet instant et me suis assise, pour prendre le temps de me rappeler, ne jamais oublier que j'étais ici, à Cuba, les pieds dans le sable sous les palmiers. La soirée était fraîche, j'étais confortablement installée, au milieu des plantes tropicales et de l'odeur de noix de coco. Je pourrai dire à tout le monde que j'ai vu la mer et les palmiers en vrai. C'est quand même incroyable.

Deux filles discutaient en fumant, à l'entrée de leur chambre, j'entendais tout ce qu'elles se disaient. Deux Québécoises qui ne se souciaient pas de ma présence. C'était drôle de les écouter, je les trouvais un peu nounounes; elles parlaient de gars et de sexe comme deux gamines du secondaire, je riais toute seule. Jusqu'à ce que l'une d'elles parle de mon Eduardo.

Selon ce qu'elle baragouinait, elle devait le rejoindre au Varadero Havana Club, une heure plus tard. Eduardo lui aurait fièrement dit avoir un peu d'argent pour la gâter. Je n'en croyais pas mes oreilles. À écouter la Québécoise divaguer, il l'aurait courtisée toute la semaine, sans relâche, et il voulait la présenter à sa famille et à ses amis. Quelle menteuse ! Elle s'inventait une vie comme ce n'est pas permis ! Eduardo était rentré rejoindre sa mère, pour faire l'épicerie, comme il me l'avait dit. Il n'avait pas le temps de sortir dans un club avec une touriste niaise. Quelle idiote. Je me suis levée et j'ai dit à voix haute : « En tout cas, Eduardo attend que je sois prête à m'engager. Je ne sais pas à quoi tu t'attends, ma belle, mais tu devrais redescendre de ton La La Land. » C'est ce que Donald me disait lorsque je m'emportais pour rien, pour un homme qui n'en valait pas la peine. Mon La La Land. Ça me faisait tellement chier.

Les deux filles m'ont regardée comme si c'était moi, la niaiseuse, puis sont rentrées dans leur chambre sans rien ajouter. Je les ai entendues rire à l'intérieur, mais je n'étais pas offusquée. Rira bien qui rira la dernière.

J'ai vite oublié les deux filles en me rendant compte que la mer était complètement de l'autre côté de l'hôtel, je pensais halluciner. J'ai suivi le son des vagues, curieuse, en m'approchant sur la pointe des pieds, et j'ai aperçu le gardien de sécurité dans la piscine avec une femme. Donnait-il rendez-vous à n'importe qui, celui-là ? Il était derrière elle, la tenait par la taille et la baisait comme une grosse bête enragée. Sa proie avait d'énormes seins qui bondissaient sur l'eau au rythme des coups de hanche du gardien, ça créait de belles grosses vagues. Le flouc-flouc-flouc que j'entendais, ce n'était pas la mer, c'était juste des gros totons. J'étais fascinée. Je n'avais jamais vu un couple faire ça en public, je ne pouvais m'empêcher de regarder au lieu de m'éclipser sans faire de bruit. J'ai reconnu Denise.

Je suis restée là pendant cinq bonnes minutes à les observer, la bouche grande ouverte, cachée comme une voleuse dans les buissons. J'étais choquée que le gardien se rabatte sur mon amie après mon refus. Denise était son deuxième choix. J'avais raison de penser qu'il était trop pressé.

Je ne voulais pas les espionner, mais j'étais incapable de bouger. J'étais paralysée. Je contemplais les gros seins de mon amie faire des vagues à la surface de l'eau, le gardien grommeler derrière en grimaçant comme un gorille, et Denise, le sourire aux lèvres et les yeux fermés, faire des petits « oui, oui, oh oui » très timides. Faudrait pas que Donald voie ça.

Quand mon sang s'est remis à circuler, je suis partie en courant me mettre au lit avant qu'elle revienne. Qu'est-ce qui se passe en voyage, coudonc ? Les gens deviennent ceux qu'ils ne sont pas ? Denise ne baise jamais. Donald jure même que ça ne lui est jamais arrivé. Mais, peu importe, elle n'était qu'un prix de consolation. Le gardien me voulait, moi, en premier.

Je me suis douchée en vitesse et me suis mise au lit après avoir éteint toutes les lumières. Impossible de regarder Denise dans les yeux après tout ça. Une chance qu'on partait le lendemain.

À l'aéroport, Denise magasinait des souvenirs en boudant ; elle trouvait inacceptable que je puisse donner ses affaires au sommelier sans le lui demander au préalable. Surtout son sac de plage en plastique transparent jaune et orange. « C'était une fin de ligne ! Comment t'as pu me faire ça ? Y était neu, maudit ! »

Puis, après un gros vingt-cinq minutes, elle m'a enfin adressé la parole, les mains pleines de boules de neige, de porte-clés en forme de sandales et de palmiers, d'aimants pour le frigo ; tout ceci sera bien joli, un jour, dans son beau condo tout neuf. J'espérais qu'elle ne revienne pas sur la soirée de la veille pour justifier son absence, j'aurais été paralysée de nouveau. Je ne parlais jamais de cul avec Denise, pas même pour faire une blague. Seule Lady osait le faire. Pour Donald et moi, Denise n'avait pas de sexe. Ni femme ni homme. Simplement matante.

Mais ça lui brûlait les lèvres ; elle a bien vite amené son beau gardien dans la discussion, en cachant toutefois le plus croustillant.

Denise ne parlait plus que de lui, prétendant avoir passé du temps de très grande qualité avec un homme merveilleux qui l'avait traitée comme une reine et complimentée sur tout ce qu'elle était. Elle en avait oublié la soirée de danse latino.

« C'est un petit gentleman, qu'elle répétait en rougissant, la tête dans les nuages. Un garçon poli et chaleureux. Y est fin avec tout le monde, même avec les madames comme moi. C'est sûr que je vas m'acheter son parfum en arrivant à Montréal pis en sprayer sur mes oreillers. Lacoste Blue. »

J'étais bouche bée. « Tu l'as-tu, son parfum, à' pharmacie ? » Je regardais Denise sans rien dire, me rappelant les vagues et les grimaces du gardien. Je ne savais pas quoi penser.

— Brenda, faut qu'on parle. Pour quoi faire que tu disais à tout le monde que tu t'appelles Marie-Brenda ? T'as pas besoin d'inventer ça.

Denise a changé de sujet en voyant la tête que je faisais. Je n'avais pas dit un seul mot depuis qu'elle relatait sa grande histoire d'amour.

— Ben oui, j'ai besoin ! T'as pas vu, au karaoké ? Tout le monde criait « Marie-Brenda ! Marie-Brenda ! Marie-Brenda ! » quand je suis montée sur la scène ! Tout le monde tripait sur moi !

— Moé avec, y criaient « Denise, Denise, Denise ! » quand je suis allée chanter *I'm Alive.*

Je l'aurais assommée avec sa boule de neige du Che. Parce qu'elle avait raison. La foule criait autant lorsque Denise est montée sur la scène pour chanter sa toune de Céline Dion. Ça m'embêtait de le constater seulement à ce moment-là, je me sentais idiote devant Denise et ses gros totons. Ses totons qui semblaient encore bondir de bonheur devant moi. Mais c'est parce que les gens se sentaient obligés d'applaudir une grosse matante comme elle, c'est juste pour ça qu'on l'acclamait au karaoké. De la pure pitié.

Denise s'est empressée de retourner dans la chambre, pour pratiquer, après avoir appris qu'il y avait du karaoké au menu le lendemain soir. Elle a chanté *I'm Alive* douze fois de suite, je n'en pouvais plus. Je suis même sortie m'aérer la cervelle le temps qu'elle mémorise le tout.

Elle a levé la main et bondi de son siège lorsque l'animateur a demandé à la foule : « *Who's next ?!* » La pauvre, Denise n'a rien de Céline ; elle chantait avec un épouvantable accent et s'étirait les hanches vers l'avant, les bras gigotant dans tous les sens, pour faire comme sa chanteuse préférée. C'était très mauvais, mais la foule voulait l'encourager. Comme on veut encourager un petit mongol qui fait ses premiers pas.

« Eille, Brenda… » Denise m'a tirée de mes pensées. Elle riait :

— Y a une fille de la gang des Québécoises qui est venue me voir pour me demander t'étais qui. Y paraît qu'un gars du staff y a dit que t'étais importante dans ton pays.

— Ah ouin ?! Pis t'as dit quoi ?

— Ben que t'étais Brenda Bouchard, mauzusse !

J'étais furieuse. Mais j'ai ri, moi aussi.

Lady et Donald nous attendaient à l'aéroport. Lady a attendu que Denise aille aux toilettes pour poser la question qui l'avait chicotée toute la semaine.

— Pis ? Pis ? Pis ? La grosse s'est-tu tapé un Cubain ?

— T'es-tu folle, toé ! La seule chose qu'a se tape, dans' vie, c'est des rouleaux aux fruits !

Donald a répondu à ma place avant même que je ne puisse ouvrir la bouche. Je n'allais pas leur raconter ce que j'avais vu à la piscine. Denise et son tsunami. Donald se foutait déjà suffisamment de sa gueule, je ne pouvais pas trahir mon amie.

— Tout le monde fourre là-bas ! a hurlé Lady.

— Ben oui, Lady, j'sais ben que ça fourre là-bas ! Les Cubains y veulent rien que tripoter ton passeport !

Je ne savais pas pourquoi Donald parlait de passeport, c'était quoi le maudit rapport ? J'ai essayé de prendre la parole, pour parler de ma semaine au bord de la mer, mais Lady m'a coupée :

— Moé, y a personne qui m'a jamais demandé de toucher à mon passeport, en tout cas. Y voulait toucher à d'autres choses !

— Ben oui, Lady ! Toé, c'est pas pareil ! C'est jamais pareil quand c'est nous autres dans l'histoire !

J'ai décidé de les laisser dérailler, je ne comprenais rien à leur conversation de toute façon. Pourquoi quelqu'un voudrait toucher le passeport d'un autre ? C'était sûrement une autre de leurs *inside jokes*, ils en ont tellement.

— A' s'est aussi tapé son bécik à pédales, la grosse. T'sais, le bécik à pédales qu'a s'est servi rien que deux fois pis qu'a l'a vendu après à cause d'une méchante débarque ? A' l'avait mal à l'entrejambe, comme qu'a disait !

Dur retour à la réalité. Donald a repris les bitcheries le temps que Denise revienne des toilettes. Ça me faisait chier de ne pas pouvoir leur raconter mon voyage, annoncer la grande nouvelle, alors que tout le monde était là. Je voulais qu'on m'appelle Marie-Brenda à partir d'aujourd'hui.

— Franchement ! A' déjà fourré dans sa vie. Au moins une fois à seize ans… quand même.

Je n'avais aucune chance de faire dévier la conversation sur moi. Rien ne peut arrêter Lady et Donald une fois qu'ils sont partis. Pas même une nouvelle importante comme la mienne. J'ai failli dénoncer Denise juste pour gagner leur attention, mais je n'ai pas osé.

— Tu te rappelles-tu de son annonce pour vendre son bécik à pédales ? « Presque neu. Servi deux fois. »

Donald riait tellement qu'il a dû prendre une pause avant de terminer son anecdote. Il était plié en deux et tapait très fort du pied. Je pensais qu'il allait s'écrouler.

— Eille, estie, rien qu'en te voyant le cul, je sais ben que tu t'en ailles pas servi plus que ça !

— Maudit qu'est bonne !

Lady versait des larmes, son rire est devenu un cri pointu. Elle a dû reprendre son souffle avant de continuer.

— C'est vrai que le monde qui achète des affaires usées, y crayent pas les annonces qui disent que le stock est quasiment neu. Mais, là, c'était du *gros* sérieux !

— OK, ta gueule, la grosse a' revient.

Donald et Lady se sont tus en voyant Denise revenir en souriant, satisfaite de son voyage, et heureuse de retrouver sa routine, laquelle avait pourtant voyagé avec nous toute la semaine. Le fun était fini. J'en ai profité pour prendre la place :

— Savez-vous quoi ?

— Non, mais, là, on sacre le camp d'icitte, a répondu Donald en ignorant ce qu'il ne savait pas.

Je n'avais peut-être pas parlé assez fort.

— Tu viens-tu au party à l'Entre-Peau avec moé, Lady ?

— Mado va-tu être là ?

Et c'était reparti.

Ç'a duré jusqu'à ce qu'on arrive à la voiture. Jusqu'à ce que Lady réussisse à clore le sujet. « Tu me vois-tu, moé, dans un party de tapettes ? Un party, tu sais ben, c'est comme un voyage. C'est rien que le fun quand tu sais que t'as une chance de fourrer ! »

Donald a insisté pour nous raccompagner, chacune chez soi, dans sa vieille Damienne. Lui et Lady prenaient tellement de place, je n'ai même pas eu l'occasion de demander qu'on me dépose à l'épicerie. J'avais juste envie de crier devant tant d'insignifiance. Je les regardais s'obstiner, pendant que Denise rêvait à son gorille en regardant par la fenêtre, soupirant de bonheur. L'air encore plus niais que d'habitude. Des vraies poubelles, ces trois-là.

Denise, qui ne voulait pas être dérangée, n'a pas dit un mot durant tout le trajet, pas même sur ses personnages de téléromans ou ses biscuits qu'elle avait tellement hâte de retrouver. Ses rouleaux aux fruits, surtout, ça l'a surprise de ne pas en trouver à Cuba. « Avoir su, j'en aurais apporté. » Lady allait peut-être rejoindre Guy en cachette, pour profiter du moment présent comme elle aime tant le répéter «*Live in the moment right now or die!*», mais prétendait être épuisée et vouloir se coucher tôt, elle qui a plus d'énergie qu'un joueur de rugby. Elle expliquait à Donald ne pas vouloir s'en faire avec le chômage; la SAQ allait lui téléphoner bientôt pour l'engager, elle en était certaine. En attendant, elle faisait confiance à la vie et profitait de chaque instant.

— J'pense rien qu'à moé! Faut que j'en profite le temps que ça dure parce qu'ça durera pas longtemps. *Everything is timing!*

— *Timing is everything*, Lady.

Donald allait parler au gérant de l'Entre-Peau, essayer de le convaincre de lui laisser une toute petite place dans le spectacle de drag queen du samedi, il fait ça chaque fois qu'il est soûl, c'est-à-dire très souvent. Promettre de ramener Madonald. Puis il a profité du reste du trajet pour dénigrer un collègue de travail. Un jeune serveur qui devait, selon lui, être renvoyé. Un voleur et un hypocrite. Donald l'a critiqué jusqu'à ce que je débarque de la voiture, je n'ai pas placé une syllabe. Même en débarquant. «Bye, Brenda, on se voit vendredi», a simplement dit Lady avant que je ferme la portière. La preuve que personne ne s'intéresse aux histoires d'une Brenda.

Tant pis. J'allais rentrer en paix et tout planifier. Planifier mon vrai baptême et la soirée où j'allais changer ma vie pour de vrai. La soirée où j'allais annoncer à mes amis qui j'étais réellement. Fallait le faire en bonne et due forme, pas dans un parking d'aéroport ou sur la banquette arrière d'un vieux cancer qui empeste la cigarette. Tant pis si mes amis étaient trop occupés à dénigrer tout le monde ou à parler de leur petite vie insipide, j'étais au-dessus de ça. Je valais mieux que ça. J'étais irrésistible, moi, et je pouvais obtenir tout ce que je voulais. Rien au monde n'allait m'empêcher de changer mon nom. Pas même le gouvernement.

Denise a vite repris sa routine. « À' soir, j'me gâte avec mon magazine ! » Lorsque le *Vanity Fair* sort en kiosque, elle s'offre une soirée de lecture. Une fois par mois, même si sa revue sort au milieu de la semaine. Congé de ménage et de commissions. J'espérais avoir la tête dans le sable encore quelques jours, raconter mes vacances comme si j'y étais encore, écouter en boucle les CD de musique latino que j'ai rapportés en regardant mes photos, sortir manger au petit restaurant cubain de la rue Beaubien… Pour me sentir encore à Cuba. Denise me ramenait trop vite à la réalité. Je la regardais sourire de joie en anticipant sa soirée et je l'enviais. J'aimerais avoir quelque chose à quoi me rattacher, moi aussi. J'ai décidé de l'ignorer, pour éviter que sa bonne humeur pollue le reste de ma journée.

Je pensais à ma soirée de baptême ; je prévoyais inviter mes amis à souper, préparer un festin digne des grandes occasions, avec du vin de très grande qualité, des fromages et du saucisson de la France, des chocolats Geneviève Grandbois et du vrai de vrai champagne. Du Moët ou un Veuve Clicquot. Je voulais acheter toute leur attention. Sauf qu'en attendant, chaque fois que je lançais l'invitation, mes amis avaient toujours une bonne excuse pour refuser.

Donald faisait des heures supplémentaires à la rôtisserie, en prévision de ses vacances d'été. « Ça coûte cher, Provincetown ! » Lady – pourtant au chômage –

était beaucoup trop occupée. « J'ai des choses à faire. » Des choses sales à faire avec Guy, lui répondrait Donald. Et Denise devait décorer ses œufs de Pâques.

Que Donald travaille plus fort pour payer ses vacances, je pouvais le comprendre, mais Lady m'énervait avec ses « choses », et Denise, avec ses excuses insignifiantes. La dernière fois que j'ai organisé une belle soirée fondue, elle avait refusé :

— Pas à' soir, Brenda. Faut que j'aille magasiner ma citrouille.

— Mais tout le monde vient sauf toi !

— Je peux vraiment pas.

Lady et Donald avaient fait des blagues de citrouilles toute la soirée. Depuis, chaque fois que j'appelle Donald pour lui proposer quelque chose et qu'il n'est pas disponible, il me sort une excuse ridicule : il doit magasiner sa pastèque, décorer de petits craquelins gredins ou regarder en rafale les épisodes de *La poule aux œufs d'or* enregistrés durant la semaine. Ça me fait moins rire cette année.

J'allais sortir seule après le boulot parce que j'étais fâchée contre mes amis. Ils étaient doués pour trouver toutes sortes de défaites pour décliner mon invitation, mais pour m'aider à trouver des raisons pour motiver ma requête de changement de nom au gouvernement, ils n'avaient pas d'idée. Tant pis pour eux.

J'ai décidé d'aller souper à la Casa Tapas, rue Rachel, afin de découvrir si mon nom aurait autant de succès qu'en vacances. Ça sonne espagnol, *Casa Tapas*, ça me ramenait un peu à Cuba. J'ai dû faire preuve de beaucoup de courage pour entrer dans le restaurant toute seule. Mais, une fois assise, j'étais moins nerveuse. Comme si c'était normal d'aller manger au resto parce qu'on a faim, qu'on soit accompagnée ou non. J'étais hyper fière de mon accomplissement.

Quand le serveur s'est présenté à ma table, je me suis introduite sans hésiter. Il venait seulement prendre la commande de boissons.

— Enchanté, Marie-Brenda, m'a-t-il dit avec très peu d'enthousiasme, avant de me redemander si je désirais un apéro.

Coudonc, qu'est-ce qu'il ne voyait pas, celui-là ? Il avait un canon devant lui et il jouait à l'indifférent. Il était sans doute gai.

À Cuba, les serveurs de la salle à dîner m'accueillaient toujours avec un mojito, un grand sourire, et restaient à ma table pour placoter, pour me poser un tas de questions sur moi. Le serveur ne voulait pas plus discuter en déposant mon apéro. C'est tellement différent à Montréal, le service est froid.

J'ai essayé de lui dire que je revenais tout juste de Cuba, que j'étais amoureuse de sa culture et de ses habitants, mais il ne semblait toujours pas intéressé. Peut-être était-il jaloux de mes vacances ?

Je lui ai dit qu'il avait un beau tablier, pour qu'il reste près de moi un peu plus longtemps et comprenne enfin que je n'étais pas venue juste pour manger…

— Je suis vraiment occupé, fais-moi signe quand t'es prête à commander.

J'ai fait une petite moue de déception, il n'a pas réagi. Je me suis assez vite sentie de trop.

Mon serveur avait beaucoup trop de clients, et ses collègues ne l'aidaient pas. Il était occupé pour de vrai. J'ai calé mon verre, laissé un vingt sur la table, comme le font les acteurs dans les films, et suis partie sans le saluer. Je refusais de manger sous la responsabilité d'une personne si peu attentive. Je n'aurais qu'à me ramasser une pointe de pizza au coin de la rue avant de rentrer.

Les Québécois sont peut-être différents des Cubains ; ils préfèrent « Jade » parce qu'ils ne sont pas émancipés. Marie-Brenda est trop colorée. Trop exaltée. Ou alors j'ai simplement fait une erreur ; c'était plutôt « Brenda-Maria » la grande vedette.

J'étais un peu mêlée dans mes choix, mais rien ne pressait. Surtout ne pas s'inquiéter, mon nouveau *nametag* n'était pas gravé, et je n'avais encore rien annoncé à mes amis.

Je suis entrée dans le premier bar, sans réfléchir, et me suis dirigée vers le comptoir avec l'assurance de Brenda-Maria. Je me trémoussais un peu, comme sur un plancher de danse, suave, en détachant mes cheveux. Les clients qui s'assoient au bar ont plus de chance de rencontrer des gens. J'ai commandé un Cosmo et j'ai attendu qu'un homme vienne me parler. J'ai attendu, personne n'est venu.

Deux gars jouaient au billard. Je me suis levée de mon tabouret, courageuse, et me suis dirigée vers le plus beau. Je me suis plantée à côté de lui et j'ai hésité un instant avant d'ouvrir la bouche. Je devais me présenter l'air de rien, faire preuve de subtilité.

« J'peux-tu jouer avec toi ? Brenda-Maria ne perd jamais ! » Je n'ai aucune idée pourquoi j'ai dit une stupidité du genre, j'ai tout de suite regretté. Je suis même pas bonne au billard. J'ai regretté encore plus quand le gars a éclaté de rire avant de crier à son ami :

— Brenda-Maria veut jouer, pis elle perd jamais !

Son ami s'est retourné vers moi, en riant lui aussi…

— Brenda-Maria ? Tu viens-tu de la république du burrito ?

Les deux gars n'en pouvaient plus, ils riaient tellement qu'ils se sont étouffés tous les deux. Des fumeurs. Comment j'allais me sortir de ce cirque ? J'ai juste voulu avoir l'air cool, ça partait mal.

— Laisse faire. J'ai pas le temps de jouer au pool, je suis trop occupée. Bye.

Et je me suis enfuie.

J'avais trop honte pour ajouter quoi que ce soit. Idiote. J'entendais les blagues derrière moi :

— Brenda-Maria, c'est-tu un vrai nom, ça ?

— Je sais pas, mais Brenda-Maria perd jamais même si a joue pas !

J'ai couru jusque chez moi sans m'arrêter ni regarder derrière. Marie-Brenda ou Brenda-Maria, c'est des conneries. Ça ne fonctionne pas ici, ça fait trop latin. Trop exotique. Les gens ne sont pas habitués aux noms différents. Il me fallait quelque chose de plus québécois, sinon on allait croire que je suis une touriste qui essaie d'être cool. Mais, pour le moment, je voulais oublier cette soirée. On dit que le cerveau efface les grands traumatismes, j'espère que c'est vrai. Sinon j'allais perdre toute l'assurance gagnée à Cuba. Fallait oublier à tout prix.

J'ai pleuré le reste de la soirée. La nostalgie me hantait, je voulais retourner à Cuba pour retrouver mon pouvoir. J'ai passé trois heures sur les sites de voyage, m'imaginant là-bas avec Eduardo. Je regardais les photos des voyageurs sur Trip Advisor et le prix des forfaits tout inclus, rêvant de repartir danser en me trémoussant au milieu de mon salon, les yeux fermés sur la musique de Varadero. Kevin ne m'accorderait jamais une autre semaine de vacances, même dans l'urgence. Et je n'avais plus d'argent de toute façon.

C'était pire qu'avant, on dirait. Pire que lorsque je m'appelais juste Brenda. Je n'étais plus certaine de mon choix. Un nom ne traverse peut-être pas toutes les cultures. Fallait trouver une solution. Un autre nom. Et vite.

Brenda the thirteenth

J'ai lu quelque part que ceux qui n'aiment pas leur nom préfèrent souvent utiliser un diminutif et que les psychologues proposent de contourner le problème en choisissant un pseudonyme. Les adolescents font souvent ça, se donner des surnoms, pour mieux exprimer leur personnalité. C'est exactement ce que j'allais faire. Je n'étais pas en crise d'identité, mais bon… j'avais le droit. C'était la seule solution possible dans l'urgence.

Sur ma liste d'options, il y avait « Bren », « Da », « Dada » et « Boubou », mais tout était trop laid. « Lady Da » me plaisait, mais j'anticipais déjà la chicane. Lady a choisi son pseudo en premier. Elle l'a sélectionné avec soin et testé quelque temps avant de nous en parler, j'en suis certaine. Je devais en faire autant.

J'ai choisi d'utiliser mes initiales : B.B. Un peu comme Bébé dans *Dirty Dancing*, mais pas pareil. Même J. K. Rowling utilise ses initiales, elle ne doit pas aimer son nom. C'est socialement accepté si les gens super connus le font.

Denise parlait déjà du festival de Lennoxville, prévu le premier week-end d'octobre, alors qu'on n'avait pas encore fêté Pâques. « J'ai assez hâte d'aller voir les citrouilles géantes ! C'est sûr que j'vas m'essayer de n'en faire pousser une moé avec, un moment donné », disait-elle à ses collègues, la magie dans le toupet.

C'était d'un ennui sans nom. Jusqu'à ce que je voie le beau client devant l'étalage des linges à vaisselle.

J'ai planté Denise à son comptoir et je suis montée enlever mon *nametag* en vitesse, pour le glisser au fond du tiroir.

Mon but était d'attirer son attention. Je n'avais aucune idée de la meilleure façon de réagir dans l'éventualité où il me remarquerait – j'aurais préféré tester mon diminutif avant de le croiser, genre avec tous les petits monsieurs venant acheter du parfum à leur épouse –, mais pour le moment je voulais juste qu'il sache que j'existe.

— Bonjour, Jade !

La cliente élégante m'a surprise.

J'étais étonnée qu'elle s'adresse à moi de manière si amicale. Je n'ai pas osé lui dire que mon nom n'était pas Jade.

— Je voulais te dire que je suis allée au hammam, et que j'ai a-do-ré ! Merci pour l'info, je pourrai plus jamais m'en passer !

J'étais tout excitée qu'elle me remercie ainsi, j'essayais que ça ne paraisse pas trop. J'avais envie de sauter sur place en criant : « Elle m'a écoutée ! Elle m'a écoutée ! Elle m'a écoutée ! » Ce n'était pas évident de rester calme et de me contenter de lui sourire, mais je savais qu'il était préférable de la laisser croire que j'étais habituée à discuter avec des gens cool, que j'en étais même un peu blasée. Je n'arrivais pas à parler de toute façon.

— En tout cas, si t'as d'autres trucs de même, je veux toutes les savoir ! a-t-elle ajouté avant de partir en coup de vent. À bientôt, Jade !

La cliente élégante m'a dit « à bientôt », voulait-elle me revoir ? J'aurais dû essayer de lui parler un peu, elle m'aurait peut-être proposé de faire quelque chose, mais j'étais trop intimidée pour être cohérente.

Si le beau client m'a vue discuter avec elle, alors il savait déjà que j'étais cool.

Je le cherchais en faisant semblant de replacer les produits sur les étagères quand je l'ai aperçu au comptoir des ordonnances. J'aurais dû m'en douter, il y passait chaque fois. J'espérais qu'il n'ait pas d'amoureuse pharmacienne, je serais morte de jalousie sinon. Je ne pourrai jamais devenir pharmacienne, faudrait que je m'inscrive à l'université et je suis pourrie à l'école.

Je me suis approchée du comptoir, discrète, les mains pleines de produits à replacer, pour voir à qui il parlait, quand une vieille cliente m'a tirée par le bras. Tous les produits à replacer se sont retrouvés au sol. Vacarme.

— S'cuse, Brendâ, t'as-tu des produits pour la peau, pour mes rides ?

Les pharmaciennes se sont retournées vers moi, l'air méprisant, le beau client aussi. La vieille ridée a répété sa question, j'étais figée. Je crois même avoir éprouvé le désir de me tuer.

— Brendâ ? Pis, t'en as-tu des crèmes pour moé ?

Comme si les petites crèmes à cent cinquante dollars le pot de quinze millilitres pouvaient la renipper.

Je l'ai entraînée jusqu'au département des cosmétiques, devant le grand présentoir de crèmes pour le visage Estée Lauder, et je lui ai filé un pot de crème hors de prix pour qu'elle me laisse tranquille. « C'est la meilleure que j'ai. »

Je craignais d'avoir raté le beau client, j'étais heureuse de le retrouver dans la rangée « D pour dents », en face des brosses à dents. Sauf que je ne savais pas avec qui il fraternisait au comptoir des ordonnances…

C'était peut-être juste avec une technicienne, je m'en ficherais si c'était le cas. Les techniciennes sont en réalité que des *wannabe* pharmaciennes. Elles me regardent de haut, les grosses connes, mais leur job n'est pas plus compliquée que la mienne. La seule différence c'est qu'elles travaillent derrière le comptoir de pilules, là où les autres employés ne sont pas admis. Je pouvais être technicienne n'importe quand.

J'ai pris une grande inspiration et me suis approchée du beau client :

— Je peux-tu t'aider avec quelque chose ?

Sans mon *Brenda* sur moi, je pouvais être celle que je voulais.

— Non, merci. Ça va aller…

Je n'aurais pas dû choisir d'être la niaiseuse.

Franchement, qui a besoin d'aide pour choisir une brosse à dents ? J'ai voulu me rattraper :

— Si t'as besoin de quelque chose d'autre, gêne-toi pas. T'as juste à demander B.B.

L'air qu'il avait en me regardant m'encourageait à enchaîner le plus vite possible : « Heu… ben c'est comme ça que le monde m'appelle ici. »

J'ai senti le sang envahir ma tête d'un seul coup, ça chauffait. Je m'imaginais plus rouge qu'une tomate trop mûre, si c'est humainement possible. Je ne savais pas comment faire descendre la pression, je sentais mon corps entier devenir chaud et humide. C'était horrible.

— OK, merci, B.B., qu'il m'a dit en mettant l'accent sur B.B., avec un grand sourire.

Je lui ai retourné son sourire en lui souhaitant une belle journée et je suis repartie vers mon poste en lançant un petit « à bientôt ! », comme la cliente élégante m'avait dit plus tôt. Je m'éloignais la tête haute et lc dos droit, en me trémoussant un peu pour l'agacer. Le beau client m'a appelée avant même que je ne fasse cinq pas.

— Je peux-tu te poser une question, B.B. ?

— Oui, vas-y !

Allait-il me demander de sortir avec lui ? Mon cœur s'est mis à battre si fort que j'ai eu peur qu'il le reçoive en pleine face.

— Si tu t'appelles B.B., ça veut tu dire que c'est des acteurs en arrière du comptoir ?

— Heu... non, c'est des vrais pharmaciens. Pourquoi tu veux savoir ça ?

Je ne comprenais pas sa question. Le beau client riait sans répondre. Pourquoi aurait-on des acteurs à la pharmacie parce qu'on m'appelle B.B. ? On ne m'appelle même pas B.B. en plus. Mais ça, je ne pouvais pas le lui dire.

— Pour rien.

Il riait encore.

Se foutait-il de moi ? Ou alors il se foutait de sa copine technicienne. C'était peut-être elle, la fausse pharmacienne dont il parlait. La technicienne *wannabe* qui joue à la pharmacienne.

Le beau client est parti sans que je puisse ajouter quoi que ce soit :

— OK, bye, bye, B.B.

J'étais toute mélangée. Ça me gossait tellement cette histoire d'acteurs.

Peut-être voulait-il se rapprocher de moi en me taquinant ? J'ai voulu le suivre pour lui demander de m'expliquer ce qu'il voulait dire, mais je ne voulais pas avoir l'air pitoyable. B.B. a confiance en elle.

Je l'ai laissé filer en me disant que, de toute façon, l'important était le début de notre relation. Le petit moment qu'on venait de partager. Mon amitié avec la belle cliente a commencé comme ça, aussi. Chaque chose en son temps.

J'ai décidé d'aller en Gaspésie visiter mes parents, et les confronter par la même occasion. Un autre conseil de psychologue. Ça peut être salvateur de se vider le cœur.

J'ai offert à Denise de m'accompagner, elle qui répète toujours à quel point elle aime les baleines, mais elle a refusé. Ça tombait bien mal. Le week-end de Pâques. « J'ai sûrement pas décoré toutes ces œufs-là pour rien ! » Je lui ai dit de les apporter chez mes parents, mais les œufs étaient déjà tous placés dans son logement. Ça ne servait à rien d'insister.

J'ai eu droit à quatre gros dodos. Kevin était très contrarié que je rate le Vendredi saint et le lundi de Pâques, deux journées achalandées. Ça ne m'a pas gênée de mentir. Une urgence familiale. Il n'avait pas le choix de me laisser partir pour le long week-end, mais « pas-un-jour-de-plus ! »

La veille de mon départ, mes amis ont organisé un petit *get together* Chez Roger et personne ne s'est désisté. Pas même Denise. J'étais flattée. Lady a essayé de faire ça au 281 ; elle a envoyé un courriel à tout le monde pour proposer qu'on « fasse du changement », mais personne n'a répondu. J'espérais réussir à parler de mon idée de nom si Lady et Donald m'en laissaient l'occasion, mais je savais que c'était perdu d'avance.

— Guy va venir nous rejoindre ! a crié Lady en arrivant au bar. Tout le monde s'ennuie de moé, à' job !

— Mais lui, c'est le seul qui s'ennuie de ta raie.

— Donald ! On peut-tu focusser sur Brenda à' soir ? a dit Lady sur un ton de monitrice de camp de Jeannettes. A' part demain.

— Pour quatre jours, bâtard ! Pis c'est toé qui parles de Guy, pas moé !

Lady était tout en beauté, les gros melons couverts de petits brillants. Comme de coutume. J'avais l'impression que ses seins débordaient plus que d'habitude, que son décolleté menaçait d'exploser pour nous couvrir de confettis. Elle a peut-être encore engraissé. Lady prend du poids à vue d'œil depuis qu'elle est au chômage, mais elle s'en fout. Tout ce qui compte, c'est son plaisir. Depuis qu'on l'a virée, elle s'empiffre toute la journée. Crème glacée, gâteau au fromage, chocolatine…

— Tes jeans vont déchirer *live* ! lui lançait Donald chaque fois que Lady s'enfilait une cochonnerie.

— Je rentre encore dedans ! Je m'en achèterai d'autres quand m'as t'être trop grosse.

— T'es déjà trop grosse depuis un boutte.

Lady portait un *push up bra* du tonnerre par-dessus tout ça. Donald s'est retourné vers elle en voyant Guy arriver, il lui donnait des coups de coude et lui faisait des gros clins d'œil, c'était ridicule. Lady était exaspérée.

— Tiens-toé tranquille au moins le temps qu'y est là, pas longtemps.

Lady s'est levée pour accueillir Guy, puis nous l'a présenté pour la douzième fois.

Denise parlait de ses œufs de Pâques, on l'écoutait. Elle expliquait comment vider l'œuf de son contenu sans le casser, une astuce de ses revues, et décorer la coquille sans la faire craquer. Denise a avoué préférer les œufs vides aux œufs cuits durs, car on pouvait réutiliser les coquilles vides l'année suivante et ne remplacer que celles qui étaient abîmées. Ça sauvait du temps. Les œufs cuits durs pourrissent, il fallait les remplacer tous les ans. Donald ne l'a pas coupée une seule fois, ça m'a assommée. C'était donc le bon moment pour parler de mon idée ; entre mon nouveau nom et les œufs de Denise, c'était évident qu'on allait choisir mon histoire.

J'ai tenté de couper la parole à Denise, mais Donald m'a fait signe de me taire. J'ai essayé de nouveau… « Chut ! » qu'il m'a fait, l'impoli. Ça m'a insultée.

Il voulait écouter les histoires d'œufs de Pâques jusqu'au bout, ou je rêvais ?

Lady m'a fait un clin d'œil qui laissait croire à une forme de complicité, ou alors à de l'ennui, mais elle semblait tout de même intéressée par les cocos colorés, elle aussi. Je n'aurais jamais pensé devoir me battre contre une bande de coquilles vides pour qu'on m'écoute. Guy avait l'air de vraiment s'ennuyer, c'était bien le seul. Il a levé les yeux au ciel dès qu'il a remarqué que je l'observais. Ça m'a fait sourire. Il en a profité pour se rapprocher, pour savoir pourquoi j'allais en Gaspésie.

Je lui ai tout expliqué. Mes parents, Brenda Lee, Olivia… Ça faisait longtemps que je n'étais pas allée rendre visite à ma famille, et ma mère se languissait. Je le sais : elle m'a posté des coupons-rabais à utiliser sur des produits vendus en pharmacie, avec une petite lettre qui disait que je lui manquais. Ça m'a fait plaisir, mais je trouvais qu'elle me parlait un peu trop d'Olivia. « Olivia va très bien, Olivia joue avec ses roches et ses toutous, Olivia se lave les dents toute seule maintenant », je ne pourrais pas plus m'en câlisser. Olivia va toujours bien parce qu'elle ne se rend compte de rien. Quel beau gâchis. Elle s'appellerait Radis, ça ne changerait rien à sa vie.

J'ai expliqué à Guy pourquoi je devais parler à mes parents. Il ne faut pas ruminer dans son coin si on est fâché du choix de notre prénom. Je devais donc les confronter et leur poser les bonnes questions. Comme ça, j'allais enfin en finir avec mes trop nombreuses frustrations.

Qu'est-ce qu'ils avaient dans la tête pour me donner un prénom si dévalorisant ? À cause de Brenda Lee, je le sais, mon père la brassait un peu trop dans sa soupe à mon goût, mais encore ? Fallait en parler. Surtout à ma mère. Pourquoi n'avait-elle pas tenu son bout plus longtemps pour « Marie » ? Est-ce que « Brenda » lui plaisait ? Ma quête était justifiée.

Guy m'a écoutée en silence, jusqu'au bout. Il m'a ensuite confié ne pas aimer son nom, lui non plus. Je me réjouissais de son malheur, mais juste parce que je me sentais moins seule. Je voulais qu'il m'en dise plus, mais Donald l'a interrompu pour savoir s'il avait déjà vu un sketch de Mado.

— Ciboire, Donald ! a crié Lady. Lâche Mado ! Lâche-lé, ton maudit passé ! Tu vas t'être ben mieux dans ta vieille peau ratatinée !

Puis elle s'est retournée vers Guy : « On va-tu fumer une cigarette, nous autres ? »

Quoi ? Elle me l'arrachait aussi vite ? J'étais déçue, mais habituée. C'est rare qu'on m'accorde plus de cinq minutes d'attention.

Denise a repris la parole, et Donald lui laissait toute la place. Cette fois, elle racontait notre voyage à Cuba. J'avais peur qu'elle mentionne mon épisode de « Marie-Brenda », mais elle est restée discrète. Je tenais quelque chose contre elle même si elle l'ignorait. Faudrait pas qu'elle trahisse ma confiance. Donald l'écoutait en silence, je n'en revenais pas. J'attendais une vacherie, une blague de passeport ou de bécik à pédales, mais rien. Il faisait peut-être le carême.

Lady et Guy sont revenus entre-temps, le sourire aux lèvres et l'air complice. Donald les dévisageait en espérant saisir un détail, un signe, un tout petit indice qui pourrait trahir leur liaison. La preuve était là. La barbe de Guy était couverte de petits brillants. Donald était abasourdi. Il avait les yeux tout ronds, je devais avoir la même expression. Guy se bourrait la face dans la craque d'une Double-D.

Denise racontait toujours nos vacances. Un récit sans fin. Lady a décidé d'embarquer, elles se promettaient d'y aller ensemble, toutes les deux. Donald ne disait rien. Il me faisait des signes et désignait le tour de sa bouche, la zone abritant les preuves qu'il recherchait depuis longtemps. C'était difficile de ne pas pouffer de rire. Denise avait-elle remarqué la barbe de Guy briller ? Sans aucun doute, Denise remarque tout, mais reste silencieuse, surtout si une affaire de sexe est impliquée dans l'équation. J'ai décidé d'accaparer Donald avec mes problèmes, c'était le bon moment puisqu'il était bouche bée.

— J'ai fait un cauchemar hier.

— T'avais-tu l'herpès dedans ?

Depuis que j'ai osé aborder mes grands malheurs de nom, Donald me taquine avec l'herpès à la moindre occasion. Il prétend que l'herpès est bien pire qu'un mauvais prénom ; on est pogné avec pour le reste de la vie sans pouvoir l'échanger pour une maladie moins honteuse, au nom plus joli.

— Non, j'avais pas l'herpès dedans… Mais j'ai rêvé que je trouvais mon certificat de baptême, chez mes parents, pis que dessus c'était écrit : « Marie, Brenda, Brenda, Brenda ».

— Estie, ça c'est drôle en tabarnac ! Mais tu sais qu'y font pus ça, astheure, nous donner quatre noms à cause de l'Église.

— J'sais pas… Mais, en tout cas, ma mère pis ma grand-mère, pis les autres avant elles, s'appelaient toutes Brenda. T'sais… une lignée de *white trash*, toutes avec des noms en anglais pour supposément faire plus de classe.

— Est bonne en estie ! Marie, Brenda, Brenda, Brenda !

— Attends, y a pire. J'allais à l'église pour demander au curé de recommencer mon baptême, mais y m'a dit que c'était impossible.

— Pour quoi cé faire ?

— Y disait que chaque fois que j'essayerais de changer de nom, ça serait pire. Pis là, avant de disparaître en fumée, il m'a dit : « Tu pourras jamais échapper à la malédiction des Brenda. » Je me suis réveillée en sueur à ce moment-là.

— T'es-tu Brenda the thirteenth, coudonc ?

Je me suis étouffée avec ma gorgée de Cosmo, ça m'a pris cinq bonnes minutes avant d'arrêter de tousser. Brenda the thirteenth, c'est drôle même si c'est vrai. J'étais sous l'emprise de la malédiction.

— Je m'en sortirai jamais... j'aurais peut-être dû demander au curé de me bénir.

— M'as te bénir, moé !

— En vertu des pouvoirs qui te sont conférés par l'Église ?

On a ri comme des malades; Donald était le dernier à qui on confèrerait des pouvoirs religieux. Lady nous a regardés, l'air irrité, on riait un peu trop fort à son goût. Ça faisait longtemps que je n'avais pas ri autant.

Lady croyait peut-être qu'on riait d'elle. De Guy et de leurs *glitters*. La cochonne savait qu'on savait, c'est certain. Le bar au complet avait remarqué que les petits brillants sur les gros seins de la madame avaient voyagé jusque dans la barbe du monsieur qui l'accompagnait. Comment Lady allait-elle se justifier devant Donald ?

Je l'aime, Donald, malgré tous ses abominables défauts. Grâce à lui, j'ai pris conscience d'une chose extrêmement importante : je suis née sous la malédiction des Brenda et fallait qu'on me bénisse. Fallait bénir toutes les Brenda.

Donald m'a sortie de mes pensées juste à temps parce que je commençais à paranoïer avec Brenda the thirteenth. Il s'est penché vers moi en me chuchotant très, très, très doucement : « C'est pissant, les *glitters* dans' barbe de l'autre. J'ai-tu assez hâte d'écœurer Lady avec ça, moé ! »

Mon père est venu me chercher au terminus de Carleton, avec le camion sanitaire de sa compagnie. « SANi-colas », un jeu de mots dont il est très fier. Mon père, Nicolas Bouchard, aime me répéter qu'il y a deux industries qui rouleront éternellement, sans jamais souffrir des récessions : « La mort pis la marde », et qu'il n'y a rien de mal à en profiter. Sa compagnie d'entretien de fosses septiques est la seule dans le coin, SANi-colas est sollicitée de Carleton à Gaspé. Mais chaque soir, après son dernier client, il prend le temps de laver tous les petits recoins de son camion. Parce que ce n'est pas parce qu'on travaille dans la marde qu'on est un cochon.

Ma mère s'est mise à pleurer en me voyant dans l'entrée, ça faisait au moins un an que je n'étais pas venue la visiter. « T'es ben belle, ma Brenda ! » Mes parents me serraient très fort dans leurs bras et m'embrassaient sans arrêt. Je m'enfargeais à chacun de mes pas tellement ils se tenaient près de moi. J'avais plus d'attention qu'à Cuba. Puis ma mère m'a présenté Olivia pour la douzième fois parce que sa fille en location ne se souvient jamais de moi. Olivia était assise au bureau de sa petite chambre, et parlait avec ses roches et ses toutous. « Elle est super tranquille, elle passe ses journées dans sa chambre à jouer avec ses jouets. » C'est à ce moment-là que j'ai su que jamais je n'échangerais de place avec Olivia. « Viens-t'en, ma chouette, on s'en va sur le bord de la mer prendre un petit verre ! » a ajouté ma mère qui arrivait à peine à contenir son excitation.

J'étais stupéfiée. Mes parents m'aimaient plus que tout. Je me sentais mal de les avoir détestés pour une affaire de mauvaise décision. Et Olivia n'est en rien à envier même si elle porte l'un des prénoms les plus populaires de l'année. Elle a peut-être toute l'attention de mes parents, mais seulement si je n'y suis pas.

Ma mère a préparé un grand pique-nique juste pour moi, avec des fromages fins, de grands pâtés, du pain frais et du bon vin. On s'est installés sur la plage, sur une grande couverture, elle avait même apporté des coussins et des oreillers. Mon père me parlait du succès de SANi-colas et ma mère, des potins du village. Je leur ai raconté tout ce que j'avais envie de leur dire sans jamais me faire interrompe. Mon voyage, mes amis, mes idées de produits de beauté... J'étais tellement bien que j'ai eu envie de revenir habiter en Gaspésie. Le bruit des vagues était encore plus beau qu'à Cuba. J'avais tout ce que je voulais juste ici : mes parents qui m'écoutaient, me faisaient rire et me gâtaient. Pendant qu'Olivia était seule dans sa chambre.

Le lendemain soir, j'ai décidé de sortir voir des amis. Des amis du secondaire, ceux qu'on ne voit plus, mais qui restent sur notre Facebook. Dire adieu pour de vrai, ça fait trop peur. Je suis arrivée là où on avait organisé l'événement, une salle de quilles remplie de gens du coin et de quelques vieux copains.

J'ai accepté l'invitation parce que c'était l'occasion de tester « B.B. ». Je n'avais peur de rien.

Une vieille amie m'a vue arriver.

— Eille ! Brenda Bouchard est là !

Tout le monde est venu me saluer. Je me sentais importante, j'arrivais de la grande ville. Je n'ai pas l'habitude de sortir lorsque je visite mes parents, ça devait faire quinze ans que je n'avais pas revu tous ces gens. Je désirais être celle que j'étais. Et j'étais super cool.

— À Montréal, tout le monde m'appelle B.B.

Silence. Ou alors c'était le son de la stupéfaction.

— Pis toé, t'acceptes ça ?

Je regrettais de m'être avancée si tôt, j'aurais dû attendre un peu. Attendre que le monde commence à être soûl.

— Elle accepte pas ça, certain ! Tu sais ben qu'on laisse pas Bébé dans un coin ! a dit une autre fille assez fort pour que tous les participants entendent tout.

Chaos. Mes amis du secondaire étaient peut-être un peu soûls, finalement. Ils riaient en hurlant comme des orangs-outans. La référence n'était pourtant pas si drôle que ça. Mais je riais quand même. C'était flatteur de se faire comparer à la vedette d'un grand film de danse. Je me suis même mise à danser pour embarquer dans la blague, pour montrer mon amusement. Après tout, j'ai toujours eu du rythme, mon voyage à Cuba me l'a confirmé. Je voulais leur en mettre plein la vue.

— Eille, man ! On laisse pas Brenda Bouchard dans un coin ! a ensuite hurlé un gars. À moins que t'a frenches solide dans l'coin !

Je commençais à trouver ça moins drôle, ça devenait grossier. Et tout le monde embarquait. J'ai essayé de chanter *Twist and Shout*, pour les faire taire, en dansant un peu plus intensément, mais je me suis arrêtée en constatant qu'on avait l'air de rire de B.B. et non avec B.B. C'était une catastrophe, et ça ne faisait que trois minutes que j'étais arrivée.

Au bout d'une autre grosse minute, les gens sont retournés à leurs quilles et comparaient maintenant leur carte de points, me laissant plantée là, comme si rien ne venait de se passer.

— Mais moi, c'est pas Bébé comme elle, c'est B.B. comme mes initiales !

Plus personne ne m'écoutait. J'ai voulu prendre place dans une équipe, mais les jeux étaient déjà faits. Il n'y avait pas de place pour moi. Je pensais pourtant que c'était cool, d'arriver en retard à un party. Ma soirée ne se déroulait pas comme je l'avais imaginé.

Ç'a empiré quand j'ai vu mon ex du secondaire arriver, celui que j'ai quitté pour une vie *meilleure*. Le beau grand Sébastien. La malédiction des Brenda me suivait jusqu'en Gaspésie. Le curé de mon rêve avait raison, c'était pire chaque fois que j'essayais de changer de nom.

— Eille, Brenda ! Ça fait des lunes !

Je n'osais pas lui dire que je m'appelais B.B.

— Au moins vingt.

— Vingt ans, oui, mais pas mal plus de lunes !

Je ne comprenais rien à ce que Sébastien me racontait, mais ça arrive souvent avec les gens de la campagne. Ils disent n'importe quoi. Il m'a demandé ce que je devenais, ce que je faisais dans la vie et si j'étais mariée. Je n'avais pas envie de lui dire que je ne devenais pas grand-chose, que je vendais du gloss dans une pharmacie et que je m'étais fait domper. Je ne voulais surtout pas que mon ex du secondaire croie que je l'avais quitté pour rien. Alors je lui ai dit que je partais pour l'Australie.

Sébastien, en plus d'avoir hérité du ranch de son père, était marié depuis plusieurs années à une fille du Nouveau-Brunswick, avec un super bel accent et une vie de *rock star*. Une fille de Moncton, belle et intelligente, qui connaissait Radio-Radio et voyageait partout. Une fille aussi cool que Jade, une fille que j'enviais et essayais d'être sans trop y arriver. J'ai espionné son profil Facebook plusieurs fois. Au moins, elle s'appelle juste Julie.

Mon ex du secondaire avait l'air impressionné que je parte aussi loin, j'étais fière de mon coup. Jusqu'à ce qu'il me demande quelles régions je prévoyais visiter.

— J'ai un ami qui est à Perth, avec sa blonde. Penses-tu passer par là ? Ç'a l'air vraiment beau.

Je le regardais, la bouche grande ouverte, en espérant qu'il continue son monologue ; je ne savais pas ce qu'était Perth. Il attendait ma réponse, l'air super intéressé.

— Oui, je pense... peut-être... mon plan est pas fini.

Toujours ce silence inquisiteur. Sébastien s'intéressait à mon itinéraire, mais je n'en avais pas à inventer.

— As-tu déjà ton billet ?

— Ben oui, t'sais !

— Cool ! T'atterris où ?

Estie de fatigant.

Ce n'était pas de ses affaires *anyway*. On n'était plus ensemble, je n'étais pas obligée de lui dévoiler tous mes secrets. Il était beaucoup trop envahissant.

J'ai décidé de tester mon charme, pour le déstabiliser.

— J'ai un bon p'tit vin de glace au frais, chez mes parents. Si ça te tente, on va sur la plage se coller un peu.

Je regrettais ce que je venais de dire avant même de voir l'air dégoûté qu'il avait. Fallait réagir vite. Jouer la femme irrésistible, pour l'asseoir dans le fond de ma poche.

J'ai fait comme Eduardo. Je me suis avancée lentement vers lui, les yeux débordant de désir, pour ensuite me coller et lui prendre les fesses… il ne m'a pas laissé le temps. Il a agrippé mon poignet avant que je l'effleure. Les gens de la campagne ne sont pas très libérés.

— Je pense que ça s'arrête là, Brenda.

J'ai essayé de lui dire que je rigolais ; il ne fallait pas le prendre comme ça avec moi puisque j'étais un sac à blagues… mais il ne m'a pas crue. Comme pour l'Australie. Je suis partie aussitôt, complètement démolie.

Je serais peut-être restée plus longtemps si je n'avais pas été rongée par la honte et les regrets. J'avais quitté Sébastien pour pire et, en plus, je m'inventais une vie.

J'allais rentrer de toute façon ; je n'en pouvais plus qu'on me donne la réplique du film *Dirty Dancing* et de tous ces Patrick Swayze : *I don't see you running up to daddy telling him I'm your guy.* J'ai prétexté une urgence familiale pendant que Sébastien radotait sur ses maudits chevaux, et je suis partie sans regarder personne. Je n'aurai qu'à tous les retirer de mes amis Facebook. Ce n'est pas si difficile de dire adieu à une gang de colons.

Mes parents écoutaient l'émission *Un souper presque parfait* lorsque je suis rentrée. Mon père m'a demandé de venir les rejoindre au salon, en ignorant le fait que j'étais déjà revenue de ma soirée de quilles, trente minutes à peine après avoir quitté la maison.

— Y a une Brenda dans' gang des participants !

Comme si je voulais voir ça.

J'étais triste, c'est vrai, son souper était tellement poche qu'elle a reçu un gros treize points. Les autres candidats ont tous reçu plus de vingt-cinq points. La malédiction frappe même à la télévision. Il n'y avait pas d'espoir. Ni pour moi ni pour les autres Brenda.

J'ai décidé de confronter mes parents au moment où le Québec en entier riait de mon homonyme. Je me sentais mal, mais je n'avais pas le choix. Jamais il n'y aurait de meilleur moment.

— Vous avez vu comme a' fait cheap, la Brenda ?

— J'sais pas si a' fait cheap, mais son souper était cheap en maudit ! a répondu mon père, comme si elle avait besoin d'encore plus de mépris.

— Papa…

Je me suis retournée vers lui pour trouver son regard, puis je lui ai balancé en pleine gueule tout ce que j'avais appris sur Internet au cours de la dernière année, en plus de ce que m'avait dit Rolland. C'était la première fois que j'abordais ma rupture. Mes parents m'écoutaient de leurs deux oreilles décrassées, je l'espérais. Mon père a même éteint le téléviseur, ce qui est plutôt rare chez mes parents.

— Un prénom, ça change toute ! Ça trace le chemin de ta vie !

— Qu'est-ce tu veux dire ?

Je partais de loin, je le savais. Je parlais au gars qui vénère son camion sanitaire et qui m'a donné un nom en anglais.

— Checke la Brenda pis son souper poche !

J'espérais que mes parents comprennent, même si j'étais habituée à l'inverse. « Ça joue sur toute ! La personnalité, la réputation, toutes les nouvelles rencontres qu'on fait dans la vie, pour toute la vie, pis plein d'autres affaires que personne pense jamais ! » Je pense que je criais. Je n'étais pas habituée à ce qu'on me laisse m'exprimer. J'ai pris toute la place qu'on voulait bien m'accorder.

Mon père avait l'air déçu, lui qui avait choisi mon nom avec tellement d'amour et si peu de réflexion. Ça me faisait de la peine de lui avouer que les enfants m'avaient niaisée à l'école, et qu'ils chantaient des chansons comme *Brenda fait pas bander.* Ça n'avait pas été facile pour moi. Ce ne l'était pas plus aujourd'hui. Surtout que Donald m'embêtait tout le temps avec mon gérant : « Les Brenda pis les Kevin vont ben ensemble d'habitude ! » Ça me répugnait.

Mon père essayait de se justifier : Brenda Lee a été adulée dans les années 1960, presque aussi populaire que Elvis Presley. Et on la surnommait *Little Miss Dynamite* tellement elle était explosive sur scène. Il m'a même expliqué l'histoire derrière la chanson *A Boy Named Sue* de Johnny Cash ; « Brenda » était tout de même un meilleur choix que « Sue » pour un gars. N'importe quoi. Je lui ai dit que je ne vivais pas dans une toune de country.

— Je suis pourtant ben bon, d'habitude, pour choisir un nom. *Checke* SANi-colas comment que ça sonne ben pour une compagnie qui pompe la marde des autres.

Ça sonnait effectivement très propre, mais je n'ai rien dit. Je ne voulais pas avoir l'air de le féliciter. «Chacun sa marde, Brenda!» a-t-il ajouté pour me faire rire.

— Ça devrait être ça, le slogan de ta compagnie!

On a fini par rire de tout ça. Mes parents m'aimaient, et c'est tout ce qui comptait pour le moment. Mon père s'est levé après m'avoir embrassée, pour ensuite aller mettre la chanson *Johnny One Time* de Brenda Lee. Ma mère a préparé de la tisane à la camomille en chantant la chanson qu'on a écoutée plus de mille fois. Ce n'était pas si pire comme fin de soirée.

Je suis montée à ma chambre après avoir bu ma tisane pour lire un peu avant de me coucher. J'avais acheté un roman Harlequin à la boutique du terminus Berri : *Romance sous le soleil d'Hawaï.* J'avais hâte de le continuer. J'adore la lecture.

L'héroïne du livre a un problème semblable au mien : elle est super belle et intelligente, mais n'aime pas ses cuisses. Son ex-mari, un homme colérique et contrôlant, critiquait son apparence physique à tout bout de champ, mais surtout ses cuisses qu'il trouvait trop garnies à son goût : « Deux gros jambons bien gras. »

La pauvre Cassandra ne pouvait porter de jupes ni de culottes courtes, elle qui adorait les ensembles de tennis et les petits shorts en jeans des années 1970. Elle était malheureuse, aucun homme ne pouvait l'aimer avec des cuisses aussi dodues. C'est ce que lui répétait son ex-mari à la moindre occasion. Elle se contentait donc de porter de longues robes ou des pantacourts, et évitait les baignades l'été. Son mari avait fini par la quitter pour une fille aux jambes fines et longues, la laissant seule avec ses complexes et son estime à zéro.

Un jour, Cassandra décida de quitter son village natal, sans laisser de traces, et de partir travailler à Hawaï. Une chaîne d'hôtel prestigieuse l'engagea pour la réception et, comme par magie, la jupe rose bonbon de l'uniforme lui arrivait sous les cuisses. Le joli chemisier échancré lui allait à merveille ; Cassandra a toujours été fière de ses seins, une poitrine généreuse qu'il fallait cacher à tout prix durant son mariage suffocant.

À Hawaï, elle pouvait briller sans complexe. Vive la grande liberté, les plages et les vêtements légers.

Son employeur la logeait dans un bâtiment adjacent à l'hôtel, où les employés d'origines diverses partageaient leur train-train quotidien. Pas de mari écrasant ni de critiques abaissantes. Que du respect, de la tolérance et de la considération. C'est tout ce qu'elle souhaitait. Mais ce n'est pas si simple de se libérer d'une blessure aussi profondément ancrée.

Par une belle journée d'été, Cassandra s'est présentée au *beach party* annuel de l'hôtel de ville de Honolulu, vêtue d'une petite salopette courte en jeans et d'un joli bikini fleuri. Super sexy. Elle avait remonté ses cheveux en chignon négligé, pour faire insouciante, et décidé d'assumer ses cuisses rebondies. Son ex-mari et ses remarques blessantes n'allaient tout de même pas lui pourrir la vie jusqu'à Hawaï. Ce jour-là, Cassandre se sentait resplendissante et assez forte pour faire taire la voix de son bourreau.

Elle a regretté.

À peine arrivée au party, un beau mec bronzé, dents blanches parfaitement alignées, pectoraux huilés et cheveux noirs bien taillés, lui faisait de l'œil. Il la dévorait des yeux, elle ne se contenait plus. L'air était humide, la sueur perlait sur son corps, sur sa superbe poitrine rebondie et jusqu'au bas de son dos. Il faisait chaud, elle se sentait irrésistible.

Le mec lui a offert un verre, ce qui a fait des jalouses. Surtout Vicky, la fille la plus populaire d'Hawaï, qui a crié au beau mec bronzé qu'il devait être désespéré pour *cruiser* une fille avec des cuisses aussi larges.

Le mec a regardé Vicky et lui a dit de se calmer, d'aller chercher le trouble ailleurs sinon il allait se fâcher. Mais Cassandra avait déjà quitté la fête en courant de peur que le mec embarque dans les critiques, lui aussi ; les complexes refaisaient surface, et elle craignait de se faire humilier au milieu d'un *beach party*. Les cuisses à l'air, sans défense. Le dieu bronzé n'avait même pas eu le temps de lui demander son nom.

J'ai refermé le roman avant le dernier chapitre, au moment où un homme d'une beauté incroyable s'apprêtait à draguer Cassandra alors qu'elle se trouvait dans une boutique sur la plage. Elle avait l'air d'une sirène dans son long paréo turquoise qui volait au vent et son haut de bikini blanc, les cheveux détachés qui descendaient jusqu'au bas de son dos. Cassandra adorait les paréos, elle s'en était procuré une bonne douzaine pour pouvoir les porter en rotation. Les Hawaïennes se vêtissent souvent de morceaux de tissus colorés qui volent au vent, elle passait inaperçue. Ses cuisses aussi.

L'épisode de Vicky l'avait blessée, elle n'osait plus découvrir le haut de ses jambes. Grâce aux paréos, elle pouvait se pavaner sous le soleil, sans gêne, sans entendre la voix de son ex-mari lui répéter que ses cuisses sont si corpulentes qu'elle restera seule toute sa vie.

L'homme d'une beauté incroyable lui souriait en magasinant les maillots. Elle l'avait remarqué plus tôt, sur la plage, il la regardait en étendant de l'huile bronzante sur son corps musclé, un sourire coquin au coin de ses lèvres pulpeuses. Elle ne pouvait pas se permettre de rêver, elle le savait, mais ne pouvait s'empêcher de s'imaginer l'embrasser toute la nuit sous le bruit des vagues, éclairée par la lune.

Jamais je ne pourrai retirer mon paréo devant lui, se disait-elle, triste et découragée par la cruauté de Dame Nature. Il rirait de moi, lui aussi.

Cassandra est sortie de la boutique en courant, les larmes aux yeux, pour éviter d'être une fois de plus humiliée par ses grosses cuisses et l'homme d'une beauté incroyable l'a suivie. Je voulais garder le meilleur de l'histoire pour une autre fois.

Avant d'éteindre ma lampe de chevet, je me suis levée pour fouiller ma garde-robe. J'étais curieuse d'y trouver les choses que j'y avais laissées. Des souvenirs ou des photos de famille, mais, surtout, mon certificat de baptême. Pour me rassurer. Mon cauchemar m'avait traumatisée.

Je l'ai trouvé dans une jolie petite boîte en métal où ma mère avait rangé mes jouets d'enfant préférés et quelques photos de bébé. Je l'ai déplié, le cœur battant. J'avais bien quatre noms.

J'ai toujours cru être Brenda tout court même si je savais que les catholiques avaient quatre noms. Celui de la Vierge Marie, de la grand-mère, de la mère puis, enfin, de la fille concernée. Et on inverse la chanson pour les garçons. Je n'avais pas rêvé pour rien, mais j'étais tout de même surprise que mes parents aient suivi la tradition religieuse. Mon père chialait toujours contre l'Église et ses pisseuses.

Je m'appelle « Marie, Rose, Claire, Brenda ».

Rose. Comme ma grand-mère. C'est joli même si ça fait vieux. Dommage que je ne puisse pas utiliser le nom de ma grand-mère paternelle, qui s'appelait Anna. Crisse de religion, c'est tellement niaiseux, leur affaire de tradition. Marie pour les filles, Joseph pour les gars. Il fallait à tout prix respecter les lignées même si on léguait aux enfants des noms lourds à porter. Combien de catholiques sont mécontents aujourd'hui ? Joseph, Jésus, Marie ! J'ai refermé la boîte, un peu outrée, et je suis allée me coucher en sacrant contre le pape, mon nouvel ennemi. Chacun sa marde – même la plus rare –, que je me disais.

Je suis rentrée de Gaspésie un peu plus légère. J'avais laissé B.B. là-bas. Je comprenais Lady de s'être offusquée qu'on la mélange avec Denise, j'ai trouvé très irritant qu'on me confonde avec Bébé de *Dirty Dancing*. Mais je m'en foutais, maintenant, je n'aimais plus mon diminutif de toute façon. Ça faisait encore plus cheap que Brenda, et je m'imaginais mal m'appeler comme ça à soixante-dix-sept ans. Je suis pas une ado. L'important était le temps que j'avais passé avec mes parents et leur amour pour moi. Ils m'aimaient plus qu'Olivia. Mes parents m'ont écoutée, eux, ils ont tout compris. Je me sentais presque bien dans ma vie. Jusqu'à ce que Denise me parle d'une petite Chinoise de huit ans qui avait remporté le championnat mondial de gymnastique et qui s'appelait Brenda. Ça m'a tuée. Je voulais qu'on oublie mon nom pour toujours, qu'on mette un terme à la malédiction. Pas qu'il refasse surface à la grandeur de la planète. Le monde entier acclamait Brenda Dong. Je pouvais déjà imaginer tous les bébés nommés d'après la petite gymnaste, des milliers d'enfants destinés à vivre sous la malédiction. Denise était au courant de tout ce qui me faisait chier.

Brenda-Rose

J'ai décidé d'aller chez IKEA, après le travail, pour me changer les idées. Je voulais dépenser, m'acheter plein d'affaires cool et, surtout, éviter de penser à Brenda Dong ou à B.B.

Des bougies, une nouvelle passoire, des coussins colorés. Une photo encadrée. N'importe quoi pour changer de décor et m'imaginer ailleurs. Sauf en Chine.

Denise m'a prêté sa petite Toyota Echo vert forêt parce qu'elle ne pouvait malheureusement pas m'accompagner ; elle devait laver son réfrigérateur et son congélateur, et remplacer les deux boîtes de petite vache et le filtre de son Brita, comme écrit sur son calendrier. « Ma p'tite vache est toujours à jour, pis mon Brita avec ! » Je n'ai rien dit. Je préférais y aller seule de toute façon. Denise était encore beaucoup trop impressionnée par la performance de la maudite petite Chinoise.

Je suis entrée chez IKEA à toute vitesse, excitée, j'ai ramassé deux sacs jaunes avant de me diriger vers l'escalier. Les mères déposaient leurs enfants à la salle de jeux, anxieuses, mais heureuses de pouvoir magasiner les mains libres, et les petits se lançaient dans le bassin de boules colorées en riant. J'allais monter à l'étage lorsque j'ai entendu une mère présenter sa petite à la gardienne : « Alycia-Rose », c'était la première fois que je croisais quelqu'un qui avait presque le même nom que moi.

— Alycia-Rose ! Tu as un très joli nom ! s'est exclamée une des gardiennes.

— Ça fait artiste ! a ajouté une autre.

La petite fille rougissait en regardant sa mère, pour qu'elle réponde à sa place. On lui donnait beaucoup trop d'attention.

Mais est-ce que « Rose » était si populaire ?

J'ai tout de suite sorti mon téléphone, pour faire une petite recherche sur l'origine et la signification de ce prénom. J'ai découvert que Rose était une femme de caractère, exactement comme moi. Déterminée, elle surmontait tous les obstacles qui se dressaient devant elle avec courage. En plus, Rose était le personnage principal du film *Titanic*, interprété par Kate Winslet, à qui je pouvais très bien m'identifier.

Je me suis empressée de taper « Brenda », pour découvrir qui était cette femme. Je scintillais de bonheur en découvrant que j'étais une aventurière qui avait besoin d'espace pour se réaliser, et que je me plaisais dans l'action. J'étais créative et novatrice, et parfois difficile à suivre. Une vraie artiste. J'étais un mélange parfait de Rose et de Brenda. J'allais m'appeler Brenda-Rose à partir de maintenant, ça m'allait à la perfection puisque j'étais une artiste courageuse. J'avais le droit, « Rose » était écrit noir sur blanc sur mon certificat de naissance. C'était complètement légal. La malédiction n'irait tout de même pas jusque dans la tombe de ma grand-mère.

J'ai attrapé une nappe pour ma table de cuisine et un pot à moutarde, juste pour dire que je n'étais pas allée jusque-là pour rien, et je me suis dirigée vers les caisses. Pas besoin de monter à la salle d'exposition, je la connais par cœur. J'avais plutôt envie de rafraîchir ma garde-robe et j'avais plein d'idées.

Un chapeau avec un large rebord et des rubans, une jupe bohémienne, des foulards pour tous les jours de la semaine et des grosses lunettes fumées. De longs gants élégants, aussi.

J'étais une grande artiste, alors je devais assumer et laisser mon côté créatif et novateur prendre le dessus.

Je suis repartie en courant, comme s'il y avait le feu dans le magasin, et j'ai foncé à pleine vitesse vers le Carrefour Laval. Une vraie femme d'action.

J'ai loadé mes cartes de crédit. Je n'avais jamais pensé à ça auparavant, mais si je veux changer de vie, je dois aussi changer de look et commencer à m'habiller comme une grande dame. Ça coûte cher, mais ça vaut la peine.

J'ai acheté presque tous les *must have* du *Vanity Fair* du mois de mai. Foulards, sacs à main, porte-monnaie. Robe, bottes à talons hauts et chapeaux de toutes sortes. J'avais tout ce qu'il me fallait pour marcher sur la malédiction.

Je suis sortie du centre commercial vêtue d'un chapeau d'artiste, de lunettes fumées de vedette et de bottes de cuir. Je chantais *These Boots Are Made For Walking* en me déhanchant comme Jessica Simpson.

Je suis ensuite passée rapido par le lave-auto, pour faire plaisir à Denise. Elle adore voir sa voiture briller au soleil.

Le gars à l'accueil m'a demandé mon p'tit nom, j'étais fière de le révéler pour la première fois, en glissant mon nouveau foulard d'artiste entre mes doigts.

« On va bien s'occuper de ta voiture, Brenda-Rose ! » Le laveur de voitures m'a fait un grand sourire avant d'entrer dans la petite Echo. J'avais l'impression qu'il me regardait par les fenêtres en passant l'aspirateur, qu'il me cherchait des yeux pendant qu'il frottait. Que tout le monde me souriait tant j'étais irrésistible avec mon nouveau look à couper le souffle.

Une fois la voiture toute nettoyée, le gars m'a donné une carte de fidélité, sans doute pour me voir revenir. Puis il a estampé un des dix carrés avant de crier à son collègue : « Mets un peu d'Armor All sur les *tires* de notre Brenda-Rose, OK? »

Ça fonctionnait ! On m'accordait déjà des passe-droits.

Ce n'était pas si compliqué, il fallait simplement trouver le bon nom pour le Québec et pour ma personnalité. Pas de noms trop exotiques ni de noms de vedettes de film de danse. Un nom fait pour moi, un nom d'artiste, un peu flyé pour me permettre de me libérer de mon passé rigide et commencer à créer ma nouvelle vie de femme fatale en toute liberté. Avec un nom comme ça, je pourrais parler de mes idées de produits de beauté à la cliente élégante. La marque Brenda-Rose. Je suis une artiste après tout, et les artistes ont besoin d'aide pour faire décoller leurs grandes idées révolutionnaires. Pour la publicité, aussi. Il ne me restait plus qu'à annoncer la nouvelle à mes amis. Cette fois, c'était la bonne. J'en étais certaine.

Je me suis arrêtée chez Starbucks boire un café. La seule fois où je suis entrée dans un Starbucks, j'ai été publiquement humiliée. Le barista avait hurlé mon nom si fort que les vitres avaient craqué. Son accent d'habitant dégueulasse avait réussi à empirer mon nom – « Brendâââ ! » –, je ne savais pas que c'était possible. Je voulais m'éclipser, laisser mon café entre ses mains, mais il me regardait droit dans les yeux, la tasse tendue vers moi. J'arrivais de la Gaspésie, je n'avais jamais mis les pieds dans un Starbucks. Avoir su qu'on offrait une tasse personnalisée avec le café, j'aurais donné un autre nom. Quelque chose d'ordinaire pour passer inaperçue, comme Caroline ou Véronique. Ça doit être pour ça que leur café est si cher.

Mais, là, c'était différent. J'étais fière de dire mon nom au caissier, je le lui ai presque crié lorsqu'il me l'a demandé. Il m'a souri. « Un *mezzo latte* pour Brenda-Rose ! » a-t-il dit haut et fort à ses collègues. Je ne contenais plus mon excitation. Tous les yeux étaient sur moi, je me sentais comme une grande vedette au milieu des paparazzis. C'est fou, cette sensation.

Mon reflet dans le miroir m'a époustouflée ; j'étais si belle avec mon grand chapeau d'artiste à large rebord, mon foulard en soie fuchsia et mes grosses lunettes fumées. Ça m'a donné l'envie de danser au rythme de la musique qui jouait en sourdine. J'ai même tourné plusieurs fois sur moi-même en faisant virevolter ma nouvelle jupe, un petit défi qui m'est venu à l'esprit.

Juste comme ça. Je suis très créative. On me regardait encore plus intensément.

Le barista a crié mon nom, je me suis empressée de prendre mon café pour que tout le monde voie que c'était moi, Brenda-Rose. Puis j'ai fait quelques pas de danse en me dirigeant vers la console de service, là où il y a la crème et le sucre. J'ai pris mon temps pour bien assaisonner mon *latte*, comme le font les écrivains qui passent leurs journées dans les cafés, et j'ai posé le couvercle doucement, toujours en me déhanchant.

Je me suis installée sur un tabouret à la fenêtre, à côté d'un bel homme qui écrivait avec une vraie plume dans un petit carnet. Sa tasse disait Marcus. J'ai remarqué un sac en papier près de lui, sur lequel était inscrit *Papeterie Nota Bene* et qui contenait une dizaine d'autres carnets. Je ne m'étais pas approchée de lui pour rien, les artistes sont souvent attirés par leurs semblables. J'ai détaché mon foulard, pour faire plus *casual*, avant de positionner ma tasse de façon à ce que les gens à l'extérieur puissent bien y lire mon nom. Je voulais tester les réactions. Puis je regardais autour de moi, détachée, dandinant les épaules lascivement, replaçant mon chapeau et mon foulard à l'occasion, en observant les passants qui me regardaient de l'autre côté de la fenêtre. Je savais que « Brenda-Rose » fonctionnerait. Certains passants décidaient d'entrer dans le café, d'autres, trop timides, continuaient leur chemin. J'accueillais les nouveaux clients avec un grand sourire, et on me le rendait bien. Le bel homme à côté de moi m'a demandé si je pouvais surveiller ses affaires le temps d'aller se chercher un autre café, j'ai tout de suite accepté. Il a sûrement remarqué que j'étais très sollicitée et voulait attirer mon attention avant qu'on lui vole sa place.

« Ça va vous coûter une petite sucrerie, Marcus », j'ai répondu en ricanant. Je n'aurais jamais osé faire ça avant. Mais, là, j'avais la sensation de pouvoir tout me permettre. Tous les yeux étaient rivés sur moi, encore plus qu'à Cuba. Marcus est revenu avec un petit biscuit, je l'ai remercié avant de croquer la gâterie, en le regardant d'un air coquin. « Mmmmmmmmmmm… », j'ai savouré le sablé en fermant les yeux. Les artistes ressentent les émotions avec beaucoup plus d'intensité.

Le bel homme est retourné à son écriture, et moi, à ma vie d'artiste. Une vedette ne reste jamais longtemps au même endroit. J'ai lancé mon foulard vers l'arrière et j'ai quitté le café le dos bien droit, en lançant un « à bientôt » nonchalant au barista.

J'allais enfin réussir à parler à mes amis. Lady a eu la brillante idée d'organiser un déjeuner à la Grand-Mère Poule, un dimanche matin, et tout le monde a accepté. Même Denise. Ça m'a surprise, mais elle nous a bien fait comprendre qu'elle devait rentrer à 11 heures. « Maximum. » Donald a ricané, mais n'a rien dit. Il était un peu poqué de sa soirée de la veille. J'en ai alors profité pour prendre la parole, mes amis semblaient tous au ralenti. Personne n'allait m'interrompre.

Je leur ai annoncé que je m'appelais Rose, aussi, comme ma grand-mère, et qu'à partir de ce jour-là je souhaitais que l'on m'appelle ainsi. Ça ne s'est pas passé comme je l'avais imaginé.

« Arrête donc d'essayer d'être une autre que toé ! T'es toé pis c'est toute ! » J'aurais pensé que Lady comprendrait, qu'elle serait contente pour moi. Je n'ai pas réagi tout de suite, je bouillais. Je pensais à tout ce qu'elle nous avait raconté de ses voyages à Cuba. Donald riait chaque fois qu'elle prétendait être la reine des Caraïbes, pour une fois qu'il ne se moquait pas pour rien. J'avais envie de lui mettre ses menteries en plein visage. Je refusais qu'une menteuse me fasse la morale.

Lady n'a pas eu autant de succès que moi à Cuba, c'est évident, elle raconte toujours la même histoire. Celle du serveur qui lui servait à dîner. Ça ne fait qu'un seul prétendant. Et je ne la crois pas de toute façon, Lady vit par procuration. Elle a beau rire de Donald et de ses histoires de danseurs, elle est pareille comme lui.

— C'est comme le mien, mon Cubain ! Quand je l'ai vu avec ses beaux grands yeux verts pis son teint basané, les jambes m'ont lâchée !

— J'pense qu'on le sait, que les jambes t'ont lâchée, y lâchent à rien ! Pis t'a contes tout le temps, ton histoire de cul cubaine, on est écœurés.

Donald n'en peut plus de cette histoire, lui non plus, il le dit à Lady chaque fois qu'elle divague. Pourquoi n'a-t-il jamais compris que c'était tannant qu'il répète les mêmes histoires tout le temps, lui aussi ?

Quand Lady parle de son Cubain, elle ferme les yeux en grommelant de plaisir. Elle en met beaucoup trop.

— Y était-tu assez beau avec sa guadayaberia…

— Sa guayabera, Lady.

— Sa ce-que-tu-veux ! Y est pas resté habillé longtemps, *anaway*, mon Cubain !

— Pas rien que le tien.

Lady raconte que son Cubain lui servait à dîner lorsqu'il lui aurait demandé s'il pouvait passer à sa chambre pour la baiser entre deux quarts de travail.

— Dès que j'ai rouvert la porte de ma chambre, y s'est garroché sur moé comme d'la misère sur le pauvre monde ! Une chance que j'avais apporté deux boîtes de capotes parce qu'y était insastiable !

Lady prétend aussi que son Cubain la suppliait sans cesse de recommencer. Jour et nuit. Sur la plage ou à la piscine, sur les dunes ou à sa chambre. Qu'il lui apportait son jus d'orange frais pressé tous les matins, ses fruits frais l'après-midi et son mojito à l'apéro. Elle était la femme de sa vie, l'unique et la magnifique, et il voulait l'épouser à tout prix. A beau mentir qui revient de loin.

Elle était ridicule à me faire la morale, en mangeant ses cretons avec ses faux ongles et sa teinture au peroxyde. Je me disais que, si par miracle son histoire était vraie, c'était uniquement parce que le serveur avait constaté la proie super facile qu'il avait sous les yeux. J'imagine Lady se tortiller sur sa chaise chaque fois qu'il venait remplir son verre de vin, pompant ses gros totons brillants. Je la vois lui faire des clins d'œil en tirant la langue, son *move* de drague préféré. Il s'est dit qu'il allait en profiter, c'est tout. C'est rare, une paire de boules comme celles-là, et un pervers peut réussir à baiser n'importe quelle femme désespérée avec ses beaux mots. Sauf que, s'il était si beau que ça, son Cubain, n'aurait-il pas dragué une femme de sa ligue ? C'est évident qu'il avait juste envie de se les vider vite fait sinon. Ou alors elle l'a juste sucé. Donald a toujours été très clair là-dessus : « Un gars qui a envie d'un *blow job* s'en câlisse de c'est qui au bout d'la perche. »

Moi, c'était bien différent. Les gars à Cuba voulaient vraiment être avec moi.

Je la regardais, irritée, elle et ses gros seins qui aveuglaient le restaurant au grand complet. Je rêvais de lui planter ma fourchette en plein melon pour qu'elle se dégonfle jusqu'au plafond.

— Tu t'appelles ben Lady, toi !

C'est tout ce que j'ai trouvé à lui répondre. J'aurais pu l'attaquer sur sa fausse vie de voyage, mais je ne voulais pas embarquer là-dedans de peur que Denise ne révèle mon secret de « Marie-Brenda » pour protéger son amie. Les Double-D sont presque jumelles.

— C'est rien qu'un surnom, ça, pas une nouvelle personnalité que j'veux me donner.

— C'est le nom de ma grand-mère, pas de la princesse de l'Angleterre !

— Pourquoi tu t'habilles comme une poète debord ?

— J'suis habillée comme une ARTISTE !

J'ai crié tellement fort, même Donald a figé.

— Brenda, ma chouette, m'as te dire un' affaire. Tu peux ben t'appeler comme que tu veux pis porter des grandes jupes de paille avec des souliers de pacotille… j'ai rien contre ça. Mais faut que tu saves que c'est rien qu'un costume, ça, pis faut que tu te sentes ben quand tu l'ôtes.

— Checke la grosse toute-trempe qui fait sa moine tibétaine !

Donald a enfin décidé de s'en mêler. Il était temps parce que je ne savais plus quoi dire.

— J'veux ben que notre Bouddha à grosses boules saye une sage, mais une grosse toute-trempe comme toé, y en est pas question !

— Ouin, fais pas ta moine. Ça, c'est une personnalité qui fitte pas avec toi !

Ça faisait mon affaire de prendre le bord de Donald, il me défendait. Denise ne disait rien.

— Y le disent, dans *The Power of Now*, qui faut qu'on s'accepte comme qu'on est pour être ben pis qu'on a pas besoin de porter des costumes ! J'ai rien inventé pantoute !

Lady essayait de marquer un point.

— Fais-moé pas accraire que t'as lu ce livre-là ! Le dernier livre que t'as lu, toé, c'est *Martine à la ferme* !

Les deux espressos doubles de Donald faisaient pleinement effet. Denise ne disait toujours rien pour défendre Lady. Donald m'a pris la main :

— Envoye, Brenda, viens-t'en, on s'en va dans l'Village. Ça sent trop le patchouli, icitte.

— Whoa, menute, la guidoune ! J'ai pas fini !

Donald a obéi.

— Brenda, j'ai rien qu'un' affaire à te dire avant que ton ami Donald t'amène dans l'Village, a enchaîné Lady en me regardant très sérieusement.

Je ne l'avais jamais vue aussi dédiée à une cause, ça me rendait nerveuse. Ce qu'elle était sur le point de me communiquer semblait lourd de conséquences.

— Le jour que tu vas arrêter de focusser sur ce que t'aurais pu avoir dans' vie au lieu de sur ce que t'as, tu vas pouvoir focusser sur ce qu'y faut que tu fasses pour l'avoir.

Donald jouait du violon en levant les yeux au ciel, mais Lady l'ignorait. Elle tenait à terminer son baratin.

— Le bonheur est à la porte de tout le monde qui savent faire de la placc pour le laisser rentrer, pis par la porte d'en avant.

— Infâmes balivernes ! a hurlé Donald en riant.

Mais Lady ne se laissait pas impressionner.

— Là, va falloir que tu chasses les mauvaises affaires par la porte d'en arrière, pour pas qu'y se croisent.

— Une vraie dalaï-lama ! Eille, m'as t'appeler Dalaï Lady, astheure !

Lady s'est retournée vers Donald, l'air terrifiant, avant de reprendre sa leçon.

— Pour pas qu'y se croisent parce qu'y faut pas que tu laisses rien se mettre dans le chemin de ton bonheur. C'est toute.

— Enfin ! a crié Donald en feignant la crise cardiaque. Tu vas me mourir d'ennui, Dalaï Lady !

Puis il s'est retourné vers moi : « Bon, on y va, astheure. »

On est partis, abandonnant les Double-D sur la banquette, qui restaient plantées là comme deux idiotes.

— Bye, Power Lady ! a dit Donald avant d'éclater de rire et de se plier en deux. Je sais pas quoi qui est plus drôle, Dalaï Lady ou Power Lady !

Il avait une crampe à la rate, j'ai dû l'aider à sortir du restaurant.

— Checke les Double-D ! Sont encore plus drôles de loin, une à côté de l'autre ! Rien que des totons, pas de tête !

J'étais contente de m'en aller avec Donald, je n'avais pas besoin qu'une grosse toute-trempe me fasse la leçon. Je savais ce que je voulais dans la vie.

Donald riait encore :

— « Mais faut que tu saves que c'est rien qu'un costume… » Non mais *namaste*, grosse toute-trempe ! Voir qu'a lit des livres de paix intérieure.

Et il riait de plus belle. Fallait parfois s'arrêter quelques instants avant de continuer la promenade jusqu'à la prochaine blague. « Power Dalaï Lady ! » On s'est baladés comme ça tout l'après-midi, en arrêtant de temps en temps parce que Donald devait récupérer après avoir une fois de plus rabaissé Lady.

— La cochonne a pris la *curve* de la quarantaine de travers en estie !

— De travers genre… ?

— Grosse, enflée, plate et positive.

Cette fois, ça ne me gênait pas du tout. Je me sentais libre comme le vent. Libre, surtout, des critiques des Double-D.

J'ai passé l'après-midi avec Donald, à fouiller les racks à CD des *pawnshops* de la rue Ontario. Je ne sais pas pourquoi, mais je trouvais ça plus cool que d'habitude.

— Si c'est pas la grande vache à Rivard !

Jusqu'à ce qu'on croise une vieille connaissance de Donald qui avait l'air de vouloir le tuer : « Tu m'as stoolé pour la coke parce que j'voulais rien savoir de toé ! » Le gars criait, il était furieux. Une veine menaçait même d'exploser au milieu de son front.

Si j'ai bien compris, Donald a dénoncé son pusher parce qu'il aurait refusé ses avances. Le gars a fini en prison, après que les policiers ont fouillé son appartement, pour trouver de la cocaïne dans le mur derrière le garde-manger. Le pusher accusait même Donald d'avoir dit où la marchandise était cachée. Du grand Donald.

— Je t'ai jamais stoolé !

Donald avait l'air effrayé, je ne l'avais jamais vu blanc comme ça. Évidemment, il niait tout en bloc.

Je ne souhaitais pas être mêlée à une situation impliquant de la drogue, mais je ne pouvais pas m'enfuir et abandonner mon ami non plus. J'essayais de rester calme comme les grands artistes détachés.

— T'es un estie de menteur, Donald Rivard ! Un menteur pis un raté ! Toé pis ta guidoune de Madonald !

Le visage de Donald s'est durci de colère, mais, pourtant, ses deux petites jambes tremblaient toujours autant.

— T'es bitch avec tout le monde, facque quelqu'un s'est vengé ! Faudrait que tu catches, un moment donné, que d'être gentil ça coûte pas cher, pis que c'est ben plusse payant que d'être méchant !

Le gars a regardé Donald comme s'il venait de se transformer en Madonald devant lui. Je rêvais ou Donald répétait la phrase de Denise comme si c'était la sienne ?

— T'es chanceux d'être avec une jolie jeune femme, Rivard, parce que sinon t'aurais connu ta douleur en tabarnac !

Le vendeur de coke s'est retourné vers moi : « Je m'excuse, je suis pas comme ça d'habitude. C'est quoi ton p'tit nom, ma belle ? »

— Brenda-Rose, lui ai-je dit d'une toute petite voix.

— Je veux pas te faire peur, ma belle Brenda-Rose, mais ton ami m'écœure. J'suis certain qu'il te mérite pas comme amie, t'as l'air trop *blood* pour lui.

Et il est parti. Donald s'est presque évanoui. On a dû s'asseoir sur le trottoir le temps qu'il retrouve ses couleurs.

— Estie, j'ai eu peur. C'est vrai que je l'ai stoolé parce qu'y voulait pas coucher avec moé.

Je savais que Donald était bouleversé, mais je n'arrivais pas à oublier ce que le pusher m'avait dit. Tout ce que je retenais de l'incident, c'était moi, la jolie jeune femme qui avait sauvé mon ami. Brenda-Rose, l'artiste humaniste. Je pouvais régler n'importe quelles situations problématiques avec ma beauté et mon charisme. Je retenais aussi la phrase de Denise que Donald s'était appropriée.

— Comme ça tu te sers des phrases de Denise après l'avoir niaisée avec ses sageries ?

— Ben oui, ben oui, pis après ?! Faut ben qu'a serve à quelque chose, notre Bouddha à grosses boules !

— Tu l'as surpris en maudit, je l'ai vu dans sa face. Y savait vraiment pas quoi répondre !

— Y était surpris parce que, là, y pense que je suis devenu un sage qui aime les affaires spiritueuses. Pis personne frappe sur ça, un spiritueux !

— Personne te frapperait devant moi parce que je suis trop jolie !

Ce n'était quand même pas juste la phrase de Denise qui l'avait sauvé.

— Dis-moé pas ça ! Astheure qu'y est sorti de prison, va tout le temps falloir que tu sayes avec moé pour me protéger avec ta beauté !

Donald n'éprouvait aucune culpabilité envers le gars qu'il avait envoyé en prison. Il m'a prise par le cou en riant et m'a embrassée sur le front, je savais qu'il était fier de se promener avec moi. On a continué notre magasinage comme si rien ne s'était passé, Donald n'a d'ailleurs jamais reparlé de cet incident.

— Non mais a l'a raison pareil, la cochonne... Faut toujours faire rentrer le mari par en avant pendant que le *lover* sort par en arrière. Pour pas qu'y se croisent.

J'étais sur un nuage. Je pensais à tout ce qui m'attendait en tant qu'artiste humaniste. La marque de produits de beauté Brenda-Rose pourrait donner une partie de ses profits à une cause humanitaire ? J'étais vraiment excitée en pensant à tous mes nouveaux projets. Je pouvais enfin me permettre de rêver jusqu'au bout du monde sans que ma petite voix intérieure ne vienne tout gâcher.

Mon cellulaire a vibré. Mon grand moment de bonheur s'est heurté à un message texte de Rolland : « Peux-tu me téléphoner ? » Je n'ai pas répondu. Je n'en ai pas parlé à Donald non plus, des plans pour qu'il me ramène l'histoire de la photocopieuse du dépanneur. J'ai remis mon cellulaire dans mon sac, après l'avoir fermé, et j'ai décidé d'oublier Rolland aussi vite que Donald avait oublié le coké. Pour savourer mon après-midi de rêve. *The Power of Now,* comme dirait Power Dalaï Lady.

Jade m'a envoyé une carte postale. Kevin me l'a remise ce matin, avec un avertissement. La pharmacie n'étant pas mon domicile, il me fallait donner à Jade une autre adresse de correspondance. Je n'ai rien dit. J'ai pris la carte postale et j'ai tourné les talons. Kevin l'a sûrement lue, le crétin, et c'est tant mieux parce que Jade le rabaissait. Elle m'invitait à venir la rejoindre, loin des idiots de la pharmacie et de Ubu roi. L'Australie est magnifique, les gens sont sympathiques et, en plus, on y trouve du boulot presque tout de suite en débarquant de l'avion. Je n'en revenais pas. Jade avait pensé à m'écrire de l'autre bout du monde. Mais est-ce qu'elle s'en foutait, elle, que je m'appelle Brenda ? Peut-être que dans l'article du *Globe and Mail* qu'elle avait lu on avait quelque chose de bien à dire sur mes semblables. Ou alors c'est simplement ma nouvelle vie qui commençait.

Mon téléphone a vibré pendant que j'admirais les kangourous sur le recto de la carte, c'était encore Rolland qui envahissait mon moment. Je ne savais pas comment réagir. Tout ce que je savais, c'était que je valais beaucoup plus que lui. Il m'a fait perdre mon temps, et je refusais d'en perdre encore à cause de lui. « As-tu reçu mon texto ? » Je n'ai pas répondu. Donald me dirait de l'envoyer chier en le menaçant de le stooler pour harcèlement moral.

Je portais mon foulard d'artiste préféré, je le faisais virevolter partout autour de moi. J'étais encore plus confiante que la cliente élégante. Kevin avait l'air contrarié de me voir avec un foulard, mais je m'en foutais, mon style m'appartient. Jade m'a écrit de l'Australie, c'est tout ce qui comptait. La plus cool des employés. Et Kevin n'a rien reçu parce qu'il n'a pas d'amis. Je devrais le présenter à Rolland pour m'en débarrasser. Comme ça, ils pourraient s'occuper tous les deux.

La carte de Jade m'a tellement inspirée, j'ai décidé d'écrire au beau client pour l'inviter à souper à L'Express. Les artistes s'inspirent des petites choses de la vie. Je pensais lui écrire un poème et le lui glisser à sa prochaine visite. Signé Rose, mon nom de plume. Je n'aurai qu'à lui dire que B.B. me lassait. Un vieux nom de plume qui ne m'inspirait plus.

J'écrirai d'abord un brouillon, sur l'heure du dîner, pour me mettre dedans. Toujours se réchauffer avant la grande création. Je mettrai mon poème au propre en arrivant à la maison, sur le papier parchemin que j'ai acheté au *Nota Bene*, le magasin des écrivains. J'ai acheté une vraie plume rouge, aussi, et un encrier. Avec de la cire et un tampon pour faire des sceaux. Je voulais sceller l'enveloppe comme le font les grands poètes. Le beau client va se sentir choyé que je lui écrive de façon aussi romantique.

Je suis sortie dîner au petit café près de la pharmacie, je n'avais aucune envie de passer ma demi-heure de lunch dans la salle des employés avec Denise qui me casse les oreilles avec ses astuces pour économiser ou pour tenir une sacoche propre. J'avais un poème à composer. J'avais envie qu'on me voie écrire au milieu de mes semblables, légère, en mangeant un croissant au beurre.

Je me suis installée à la fenêtre, pour écrire sous la lumière naturelle, puis j'ai étalé devant moi tout mon matériel de poète après avoir détaché mes cheveux et enlevé mes souliers. Faut être à l'aise pour créer. Les idées me venaient sans même avoir à me forcer. Le beau client m'inspirait plus que tout.

J'ai eu le temps de terminer le brouillon avant qu'un homme me demande si la place à côté de moi était libre. « Oui, la place est libre. Mais moi, je ne le suis pas ! »

Le beau client a refusé mon invitation à souper. Je n'ai rien compris. Il m'avait pourtant taquinée, la dernière fois. Ça m'a insultée, j'ai travaillé si fort pour lui composer un poème digne de sa beauté, avec des rimes parfaites et pas un vers de trop. L'enveloppe était magnifique, scellée de cire, avec un bec de rouge à lèvres écarlate et une touche de mon parfum, pour faire libre et passionnée. Les artistes sont intenses et ne font rien à moitié. J'ai même pris la peine de me maquiller de façon plus sexy que d'habitude, de porter mon foulard de soie fuchsia et de retirer mon *nametag* avant de lui remettre l'enveloppe. Il m'a dit qu'il voyait quelqu'un. Juste ça. Pas de merci. Mais il aurait pu venir souper pareil. Je suis certaine que c'est une des chipies de pharmaciennes.

J'ai appelé Donald pendant ma pause, j'étais déconfite.

— Tu peux pas plaire à tout le monde, Brenda-Rose. Pis c'est correct de même. Imagine comment que ça serait *tough* à gérer sinon.

C'était la première fois qu'un ami m'appelait Brenda-Rose, un frisson de plaisir m'a traversée. C'était comme une main de velours sur ma peau. C'est facile pour les poètes de mettre des images sur leurs émotions. Mais Donald pouvait bien parler, lui qui se vengeait des hommes qui ne voulaient pas coucher avec lui.

— J'sais... mais j'étais certaine qu'il dirait oui. Là, je vais être gênée quand il va venir à la pharmacie.

— Ben non ! Tu t'en fous, que j'te dis ! Regarde ben, m'as te donner un conseil.

C'est connu, les gais sont ceux qui donnent les meilleurs conseils en matière de gars. J'étais heureuse qu'il puisse me remonter.

— T'sais, mon magasin d'objets rares préféré ? Ben le propriétaire, y est homophobe. Mais j'vas pas m'empêcher d'y aller quand même !

— J'comprends pas le lien avec mon beau gars.

— J'vas pas m'empêcher d'aller voir ses bibelots à cause qu'y me trouve dégoûtant. Facque, quand j'vas dans son magasin, j'fais exprès de faire ma grande pour l'écœurer encore plus ! J'y ai même demandé si y avait des *cock rings* vintage, la dernière fois !

Donald riait à l'autre bout du fil, ça me rassurait. Ce qu'il voulait dire avec son conseil, c'était de ne pas m'inquiéter et de jouer les divas chaque fois que le beau client viendrait à la pharmacie. Comme ça, il regrettera de m'avoir perdue.

J'ai raccroché, confiante, mais encore un peu choquée. Le beau client ne portait pas d'alliance, ça ne devait pas être sérieux, son histoire avec la pharmacienne. J'ai repensé à ce que le curé de mon rêve avait dit, à cette histoire de malédiction des Brenda. Je savais que ce n'était qu'un rêve, mais c'était la seule explication possible pour ce rejet. Je n'aurais pas dû changer de nom encore une fois.

J'ai remis mon *nametag* parce que Kevin m'observait en grondant la fille du comptoir photo. Je grimaçais. La dernière chose dont j'avais besoin, c'était d'une intervention.

— Mais qu'est-ce qui ne va pas, Jade ?

La cliente élégante m'a surprise avec mon *Brenda*, je ne l'ai pas vue arriver. Je paniquais, je devais lui dire la vérité.

— C'est que je m'appelle pas Jade, justement… facque toute va mal.

J'allais lui raconter le rejet que je venais de vivre, mais je me suis rappelé qu'on ne se connaissait peut-être pas encore assez pour entrer dans les sujets intimes. Et je me sentais un peu conne d'avoir cru que c'était possible, le beau client et moi. La cliente élégante avait l'air confuse, alors je lui ai tout expliqué.

— Ça, c'est mon vrai nom. L'autre fois, j'avais oublié le mien.

— Tu t'appelles Brenda?

— Ouin… mais j'aimerais mieux que ça soit écrit Rose, comme ma grand-mère. Ou Brenda-Rose.

— T'aimes pas ton nom, ma chouette?

Je n'ai pas eu le temps de lui répondre, elle s'est confiée sans attendre: «Je m'appelle Suzette, facque j'te comprends.»

— Suzette?

Elle s'appelait Suzette pour de vrai, ou je rêvais? Je n'en croyais pas mes oreilles. C'est vrai que ce n'était pas très joli. Ma cliente élégante avait un nom aussi laid que le mien.

— Ben oui. Pis, à l'école, tout le monde m'appelait «Crêpe Suzette».

— Moi, c'était Grenda.

— Mais si ç'avait pas été «Crêpe Suzette», ç'aurait été d'autre chose, qu'elle m'a dit en ignorant mon surnom de petite école. Tu peux toujours trouver quelque chose pour rire de quelqu'un.

Elle avait raison. Donald en était la preuve avec les Double-D.

— Mais, maintenant, je m'en fous, a-t-elle enchaîné en redressant les épaules. C'est toujours un paquet de troubles, un nom, de toute façon.

— Comment ça?

Suzette m'a tout expliqué. Elle était propriétaire d'une agence de publicité spécialisée dans le *naming*; Suzette était experte pour trouver le nom des choses. Le nom d'une marque, d'un produit, d'une entreprise et de tout ce qui a besoin d'un nom.

— J'ai toujours été obsédée par les noms parce que j'aime pas le mien, facque je fais ça dans la vie. Je suis une grande spécialiste !

J'aimerais ça, moi aussi, être capable de trouver de beaux noms. Si je l'avais connue avant, j'aurais pu lui demander son avis sur Marie-Brenda, B.B. et Brenda-Rose. Je n'aurais pas perdu autant de temps à essayer des noms qui n'étaient pas faits pour moi. J'ai décidé de piler sur mon orgueil et de lui raconter ce qui venait de m'arriver. Suzette s'était bien confiée, elle. Je venais de me faire rejeter, il ne pouvait rien m'arriver de pire.

Selon ma nouvelle amie, ce n'était pas la fin du monde. Ma vie ne dépendait pas de lui, et ça pouvait arriver à tout le monde de se faire rejeter. « J'étais amoureuse d'un homme qui s'appelait Normand et qui m'a rejetée, moi aussi. Je comprends que ça fait mal, mais c'est la vie. » Je n'aurais jamais pensé qu'un homme puisse refuser une femme comme elle. « Pis arrête de t'inquiéter pour rien, m'a-t-elle dit en me regardant droit dans les yeux. C'est pas ton nom qui te définit, c'est toi. C'est juste toi qui décides t'es qui, Brenda. On s'en fout de ton nom. » Les paroles de Suzette avaient beaucoup plus de poids que celles de Lady. La grosse toute-trempe pouvait bien me donner des conseils de cul, mais pas de conseils sur la vie. Je préférais me fier à Suzette en matière de sérieux. Je me sentais moins seule depuis que je savais qu'elle avait un nom aussi laid que le mien et qu'un homme l'avait déjà rejetée. Suzette avait réussi malgré toutes ces épouvantables embûches. J'avais juste à faire comme elle et à devenir une dame élégante qui assume son nom laid et les rejets. On peut tout se permettre quand on a de la classe et de l'élégance.

Je n'avais jamais pris conscience à quel point j'étais originale. Une jolie jeune femme qui porte fièrement son affreux prénom, on ne voit pas ça très souvent. C'est vraiment flyé. J'avais tout d'une grande artiste, même si j'abandonnais le « Rose ». Suzette m'a tout enseigné en cinq minutes. Et j'allais devenir exactement comme elle.

Mon cellulaire a vibré au moment où ma nouvelle amie m'envoyait la main, avant de sortir de la pharmacie. J'ai jeté un coup d'œil discret dans ma poche, en regardant auparavant partout autour de moi au cas où Kevin serait dans les parages. Un autre message texte de Rolland. Cette fois, il me suppliait de lui téléphoner. Une urgence. Quelle foutaise. Son urgence devra attendre la fin de mon *shift.*

J'ai parlé à Rolland. Donald avait raison, c'est un vrai de vrai *loser.* Emma est partie, alors il s'ennuie de sa petite Brenda. C'était prévisible. J'ai eu de la difficulté à savoir pourquoi elle l'avait quitté, ça m'a pris deux heures pour lui tirer les vers du nez. Plus la conversation s'étirait, plus il se confiait. Je crois qu'il buvait en me parlant.

Emma est une bitch comme il ne s'en fait plus. Selon lui, elle l'a utilisé pour rendre un autre vendeur jaloux. Le fils du patron, avec qui elle a emménagé à Candiac et qui a un tas d'argent. C'est aussi le superviseur du département et il menaçait maintenant de renvoyer Rolland.

Au début de leur relation, Emma avait insisté pour que Rolland change de voiture, lui qui aimait sa Sunfire plus que sa propre mère. Ce n'était pas suffisant. Elle exigeait aussi qu'il se procure des électroménagers en acier inoxydable, parce que les électros réguliers sont réservés aux pauvres et aux crottés. Il a tout fait pour lui plaire, mais elle ne faisait que s'amuser avec lui pour voir jusqu'où il était prêt à aller pour la garder. Emma avait un plan depuis le tout début : attraper Pat, le fils du grand boss. Les Double-D me diraient que c'est son karma qui l'a frappé.

Rolland voulait me revoir après s'être fait plaquer, il me prenait pour une femme désespérée. Je l'ai remis à sa place en riant de tout ce qui lui arrivait.

— Elle a encore un beau nom, ta Emma, même si elle est pus avec toi.

— Emma, c'est le nom d'une profiteuse !

— Au moins, elle est pas quétaine comme moi. Je m'appelle encore Brenda, t'sais.

Pour une fois que j'arrivais à rire de mon nom, ça me faisait du bien. Je n'aurais jamais pensé que Rolland pouvait me faire avancer ; j'ai fait plus de progrès dans les deux dernières heures que durant la dernière année. Et Emma m'avait aidée.

Rolland ne me méritait pas. Il ne m'a d'ailleurs jamais aimée ; l'imbécile restait avec moi en attendant de trouver « mieux ». Une chance qu'il s'est empressé de me quitter pour Emma, ça m'a permis de prendre conscience de ce que je savais mais refusais de m'avouer. Je voulais tellement qu'il m'aime. Je me disais que ça allait arriver si je faisais tout ce qu'il voulait et que je taisais ma fierté. Mais « Brenda » a l'honneur d'une botte de pluie percée. Je me déteste quand je repense à cette relation de marde. Faut pas s'aimer pour courir après l'amour d'un déchet comme lui. Plus jamais je ne laisserai un homme me traiter comme une catin de deuxième choix. Brenda Bouchard mérite tout l'amour du monde.

— Ta gang le savent-tu que tu veux revoir ta *loseuse* ? J'ai pas changé de job ni d'amis.

— J'ai fait la pire gaffe de ma vie… T'as pas envie qu'on reparte à zéro ?

— Zéro.

J'ai raccroché après lui avoir dit de ne plus jamais me contacter. Je ne retournerai jamais avec un homme aussi vide que lui, je ne voulais plus le voir ni lui parler. Même si son cancer revenait pour le tuer. Rolland, ce n'est rien de plus qu'un vendeur de photocopieurs, sans blonde ni ambition. Endetté jusqu'à la mort et croulant sous les regrets. Je lui ai dit qu'il portait bien son nom.

#JeSuisBrenda

Je devais faire mes excuses à Denise. Pour tout ce que j'avais pensé tout haut et dit tout bas dans son dos. Je lui ai proposé un petit tête-à-tête, en fin de journée, mais ça n'a pas été facile de la convaincre. On était mercredi.

— C'est super extra débile important, j'aimerais vraiment ça que tu me donnes juste une heure de ton temps. Pas plus. Promis.

Je la laisserais par la suite vaquer à son ménage et ses commissions.

— OK. Parce que ç'a l'air grave.

Denise a accepté après une bonne demi-heure de marchandage et de dramatisation. C'était peut-être juste ça, le truc pour qu'elle accepte de sortir de sa routine. Lui faire croire à un drame comme ceux qu'elle retrouve dans ses téléromans.

J'avais hâte de lui raconter ma dernière conversation avec Suzette, aussi. Pour une fois que je connaissais le nom d'une cliente.

— Mais ça te dérange-tu qu'on prenne un café dans la salle des employés, pour pas qu'on perde trop de temps à bouger.

— NON !

J'ai crié si fort que le garde de sécurité est descendu en courant, croyant que le comptoir postal se faisait dévaliser. Je refusais de discuter de choses importantes à la pharmacie, sous les affreux néons et les yeux de Kevin.

— Désolée… c'est juste que c'est vraiment important. J'aimerais ça qu'on soit dans un endroit beau pis confortable. Je te demande jamais rien la semaine…

Denise a finalement accepté de me suivre jusqu'au petit café du coin, à une minute trente-sept secondes de marche, parce qu'on y vendait des biscuits de fortune. Je prétendais vouloir en déballer un chacune avant de rentrer, pour clore la discussion et ouvrir le chemin du futur. Elle ne pouvait refuser.

Denise était ravie. On vendait des rouleaux aux fruits et de petits jujubes, près de la caisse, au petit café. Un étalage de surprises. La toutoune sautillait de bonheur en agitant ses deux mains potelées, anticipant le moment où elle plongerait un rouleau dans sa tisane à l'orange.

On s'est installées près de la fenêtre, avec nos gâteries et nos breuvages chauds, je sentais le plaisir émerger des yeux de Denise, qui commentait chacune de ses gorgées, chacune de ses bouchées. Elle en oubliait ses tâches hebdomadaires. Je me suis lancée :

— T'avais raison dans l'avion… J'avais pas besoin de faire ça, dire que je m'appelais Marie. Je m'excuse si je t'ai crié après quand t'as essayé de me parler. Pis aussi pour ton sac de plage en plastique… pis pour le resto, quand on vous a plantées là, moi pis Donald.

Elle me regardait, toujours en souriant. Incapable de déposer sa collation un instant.

— J'suis ben contente que t'ailles découvert ça tu' seule. Tu vas voir, toute va ben aller. J'te l'promets.

Je devais l'entendre de sa bouche.

J'acceptais de m'appeler Brenda pour que la malédiction ne me frappe plus, pour qu'à l'avenir tout se passe bien. Suzette m'a fait prendre conscience que c'était cool de porter un nom laid quand on est jolie, je savais que j'avais tout à gagner. Mais j'attendais toujours les grands changements de ma vie.

— C'est ça, Brenda, le but dans' vie. C'est rien que d'être ben. Faut pas que tu te compliques la vie pour rien parce que ça sert à rien pis ça fait du trouble.

C'est vrai qu'elle est sage, notre Denise nationale.

— J'sais. J'pensais juste que…

— Pis c'est pas en changeant de nom…

Denise m'a coupée en haussant le ton, ce qui n'était pas dans ses habitudes. Le message qu'elle avait à me transmettre était de l'ordre de l'ultime sagesse. Ou alors elle avait juste hâte de rentrer.

— … c'est en changeant ta façon de voir la vie à l'intérieur. Tu peux toute faire, checke Brenda Dong.

Elle n'aurait peut-être pas dû dire ça, mais j'ai souri. Parce que c'est ce que je voulais, changer ma vie de l'intérieur. Pour moi. Et la première chose que je devais faire, c'était de m'inscrire à une formation en esthétique.

J'avais déjà tout imaginé. Mon salon et mes produits de beauté. Rien ne pouvait m'empêcher de réaliser mon rêve, et Denise m'encourageait. Je pouvais faire ce que je voulais sans me soucier du jugement des autres. Il me fallait foncer vers ce qui me rendait heureuse, exactement comme elle le faisait.

« C'est comme moé, ça, a-t-elle tout de suite enchaîné avant que je prenne la parole et la retarde encore plus. Je l'sais que vous trouvez ça niaiseux, toute la gang, que j'enregistre mes émissions pis que j'lise mes revues, mais moé, ça me dérange pas que vous trouvez ça niaiseux parce que ça me fait du bien, toute ça… » Je l'écoutais attentivement pour éviter de la contrarier. J'ai toujours l'impression que Denise me chicane lorsqu'elle hausse le ton. « Ça me rappelle que ma vie est pas compliquée comme celle d'eux autres, pis que j'suis ben en maudit dedans. C'est tout ce qui compte pour moé. Ça, pis mon beau condo tout neuf que j'vas bientôt pouvoir m'acheter ! »

Denise s'est levée après m'avoir embrassée, ça faisait une heure qu'on était parties de la pharmacie, et elle commençait à fatiguer. « Faut que j'y yale. Mon bain de pieds est cassé, pis j'ai trouvé quelqu'un qui les répare au métro Langelier. »

Elle a ramassé sa boîte à lunch et son sac à dos, puis m'a regardée, l'air très sérieux.

— Faut que j'te dise un' autre affaire. Ton beau gars y vient tout le temps à cause qu'y vient chercher sa dose de méthadone, c'est Lucie qui me l'a dit. Facque laisse faire ça tu suite.

— Quoi ?! Mais… t'es sûre ?

Je n'en croyais pas un mot. Il était trop beau pour être un AA.

— C'est pas fiable, un drogué, y va te voler toute ton argent pis te donner des maladies. Pis, surtout, dis pas ça à personne, sinon Lucie va avoir du trouble à cause de la confidentialité.

J'étais bouche bée.

Denise m'a ensuite félicitée pour mes progrès personnels et est retournée à sa routine. Son véritable bonheur.

Je suis restée quelques instants à réfléchir à ce qu'elle venait de me dévoiler. Normal que le beau client ait refusé mon invitation s'il a des choses à régler. On ne peut pas entrer dans une relation si on est accroché à la méthadone. C'est sûrement elle, sa blonde. La drogue dure. Il devra la laisser tomber s'il souhaite qu'on se fréquente un jour. Le pauvre… il devait être complètement gelé lorsqu'il m'a parlé de cette histoire de faux pharmaciens. Je pouvais bien ne rien comprendre. Seul un drogué aurait compris ce qu'il bafouillait.

J'ai acheté un biscuit chinois avant de partir. Denise a été si aveuglée par les rouleaux aux fruits qu'elle en avait oublié nos fortunes. Tant pis pour elle. J'ai glissé le biscuit au fond de mon sac et je suis sortie du café. Comme si la ville m'appartenait.

Rolland a osé se présenter à la pharmacie. Il prétendait que le représentant assigné à ma succursale était au lit, malade et fiévreux. Je n'en croyais pas un mot. Rolland ne cherchait qu'à justifier sa présence à mon travail; je suis certaine qu'il a supplié son collègue de lui laisser sa place, pour créer une occasion de discuter. Je l'observais faire semblant de bisouner sur la photocopieuse, c'était ridicule. Ça commençait à ressembler à du harcèlement.

Après à peine deux minutes, il était déjà planté devant moi, au comptoir des cosmétiques. Je ne pouvais lui échapper.

Kevin tournait autour de nous, comme un requin sur le point d'attaquer. J'avais envie de lui lancer Rolland. Je ne savais absolument pas comment me sortir de cette pénible situation. Kevin a finalement fait le premier pas :

— Pas de visite à la pharmacie ! Combien de fois je l'ai dit ?

J'ai pris la perche à pleines mains, c'est sorti tout seul. Avec l'assurance venait aussi la répartie.

— Je sais pas ce qu'il fait ici, ce fatigant-là, mais moi, faut que j'aille vérifier le stock en arrière, pour mon inventaire.

Je mentais, mais personne ne pouvait le savoir. Kevin me laisse carte blanche lorsqu'il s'agit de l'inventaire du département des cosmétiques, je comptais bien en abuser. Je suis disparue derrière les portes battantes et ne suis pas revenue. Pas avant que Rolland quitte la pharmacie.

Sandra – la fille qui cherche toujours à se faire remplacer le week-end – textait dans le *back-store*, écrasée sur une caisse de papier comme si elle était sur son sofa. Je lui ai raconté ce qui se passait devant. Elle m'a tout de suite offert de me couvrir au comptoir des cosmétiques, et de dire à Rolland que j'en avais pour le reste de la journée, à compter les rouges à lèvres et les pinceaux à l'arrière. Sandra ment beaucoup mieux que moi.

Rolland a attendu quelques instants, pour s'assurer qu'il ne faisait pas rire de lui, puis est enfin reparti après avoir joué sur la photocopieuse pendant au moins vingt-cinq minutes. Ça m'a paru interminable. Je n'avais plus rien à dire à cet idiot, cette fois il avait peut-être compris. Je ne voulais plus jamais le voir ni lui parler, comme je le lui avais promis.

Avant de quitter le travail, je suis allée voir Kevin pour l'informer que mon ex me stalkait depuis des mois, et que la prochaine fois qu'il se présenterait à la pharmacie pour m'intimider, je mêlerais le gardien de sécurité. J'ai exagéré un tout petit peu pour faire pitié.

— J'veux pas que tu t'en fasses si y revient. M'as m'en occuper.

Je l'ai remercié en sanglotant, pour paraître ébranlée et effrayée par la visite de mon agresseur, et je suis repartie en me séchant le coin des yeux avec un mouchoir. Sandra m'avait dit plus tôt que ce cinéma attendrissait à coup sûr les cœurs les plus durs.

Kevin rêvait déjà à cette future intervention, j'ai senti une lueur illuminer ses yeux ternes. Un acte héroïque digne des grands films d'action, devant tous les employés et les clients. Il n'a pas osé le dire, mais je savais qu'il espérait que je me fasse agresser de nouveau. Ça me plaisait de lui refiler mes déchets.

Un autre vendredi Chez Roger. Mais, cette fois, un vendredi de grandes célébrations. On était tous là à regarder la craque de Lady briller, assis sur une banquette de notre bar préféré, pour célébrer de vraies bonnes nouvelles. Même Donald avait accepté de célébrer avec nous.

Le biscuit de fortune de la semaine rayonnait, Denise était comblée. Lady avait reçu l'appel de la SAQ tant espéré; notre belle grosse cochonne allait bientôt commencer comme caissière. Elle n'avait donc pas volé le change des parcomètres comme le prétendait Donald. Le gouvernement ne l'aurait pas engagée sinon. Denise, quant à elle, avait été approuvée à la banque pour un prêt hypothécaire, et allait enfin pouvoir acheter son beau condo tout neuf. Le condo de ses rêves, celui qui est tout blanc et tout zen. Un condo de parvenu, comme aime le répéter Donald. L'ESTuaire, à Pointe-aux-Trembles. Le pied.

— Y a même une terrasse, un *sky lounge* comme y disent, une aire de détente aménagée sur le toit, avec une magnifique vue panoramique.

— Tu nous récites-tu le *speech* de l'agent d'immeuble, coudonc ?

— Pis y a cinq électroménagers haut de gamme inclus dans chaque unité !

Denise ignorait les remarques de Donald, je pouvais la comprendre. Il essayait de rabaisser sa bonne nouvelle. Ce n'est pourtant pas ce que font les amis durant les grandes célébrations.

— Y a rien qui me ferait aller habiter à PAT dans une cage à moineaux, calvaire ! Ça sent l'pet, à PAT, tout le monde savent ça ! Pis y a rien de proche de Pointe-aux-Trash !

— Y a rien de proche pour toé, a rétorqué Lady dans l'espoir que Donald respecte un peu la joie de Denise. Si t'as pas tes sauteuses pas-loin, tu capotes.

— Pis toé, ton Guy, tu le veux pas pas-loin ?

Depuis que l'aventure de Lady a été rendue publique, Donald ramène toujours Guy lorsqu'il se sent coincé.

— Mon Guy, y est jamais loin de moé !

— C'est sûr, t'es tellement grosse !

Moi, j'étais plus svelte que jamais. J'avais décidé d'accepter celle que j'étais – j'étais cool *anyway* –, et de m'inscrire sans tarder à la formation en esthétique, au collège Inter-Dec. J'en rêvais depuis longtemps, plus rien ne m'empêchait de passer à l'action.

Le programme était pour moi : « Ce programme est pour vous si vous êtes une personne d'apparence soignée, si vous faites preuve d'empathie, de respect et de discrétion à l'égard d'autrui, si vous avez une bonne écoute et si vous faites preuve de dextérité manuelle et de minutie. » L'admission ne pouvait refuser une candidate qui avait tous les « si ».

— J'ai-tu assez hâte de prendre possession de mon condo, au mois de novembre ! Pis de toute le décorer à mon goût à moé ! Mon condo rien qu'à moé !

— J'suis super contente pour toi ! je lui ai dit, excitée. Tu le mérites, ton beau condo. Mais tu le trouves pas un peu loin de la pharmacie ?

— Ben non, Brenda, j'ai juste à prendre la 24 tout le long, su' Sherbrooke. Quasiment porte à porte. M'as m'apporter une revue pour la *ride*, pis m'as relaxer.

— Tant qu'a ses potins, la grosse, est heureuse !

C'est drôle, Lady osait encore appeler Denise « la grosse ».

— Mes revues pis mon beau condo tout neuf ! J'suis une femme comblée !

— Y te manque rien qu'un homme !

Denise n'a pas répondu, elle s'est contentée de rougir et de plonger le nez dans son Sea Breeze.

— À ma nouvelle job pis ton beau condo tout neuf !

Lady a crié en levant bien haut sa Coors light. Elle n'avait pas voulu gêner Denise et voulait se rattraper. Elle était fière, le dos droit et le buste bombé. Je ne savais pas si son décolleté allait tenir le coup.

— T'es passé à' light ? Y était temps...

Donald n'a pas pu s'empêcher en remarquant les boutons du chemisier de Lady sur le point de sauter.

— Pis, en plus, m'as bientôt avoir ma moto trois roues ! s'est exclamée Lady en ignorant Donald, le rabat-joie. Je l'ai commandée chez le dealer pour fêter ma nouvelle job, Guy l'achète avec moé !

— Facque, moé, m'as fêter que j'avais raison pour toé pis Guy !

Donald devait la retenir depuis un bon bout de temps, celle-là.

— Mais pas rien que ça ! a-t-il enchaîné tout de suite avant que Lady s'agite, un grand sourire aux lèvres, un sourire qu'il n'affiche qu'en temps de très grandes victoires. Moé avec j'ai de quoi fêter ! Le serveur que j'haïs s'est faite sacrer à' porte hier parce que j'ai dit au boss qu'y volait du manger.

Et on a tous levé bien haut nos verres pour célébrer les bonnes nouvelles.

C'était la fête, tous mes amis scintillaient de bonheur. On a même commandé la grosse assiette de hors-d'œuvre pour l'occasion, on n'avait jamais fait ça. J'étais vraiment excitée. Ça fait chic, commander des antipasti comme les Italiens. Je me sentais comme une grande dame qui avait voyagé partout, en première classe. L'atmosphère était à son meilleur, tout le monde riait, s'embrassait, faisait des toasts sans arrêt. C'était magnifique. Jusqu'à ce que Denise mette son bémol.

— J'pense que tu dois des excuses à Brenda, Donald.

Je n'en croyais pas mes oreilles, elle osait reprendre Donald en face et devant nous. Donald avait-il osé me cracher dans le dos ?

— De quoi tu parles, Miss-condo-toute-neuf ?

Donald était aussi surpris que moi que Denise le confronte.

La toutoune s'est retournée vers moi.

— Ben... y disait à tout le monde que t'allais retourner avec ton Rolland à cause que t'as peur de toute.

— C'est vrai. Y a betté cent piasses avec moé que t'allais finir avec ton jambon, a avoué Lady, aussi coupable que Donald. Denise a pas voulu embarquer dans le *pool*.

Donald s'est esclaffé :

— *Come on !* Rien de ben ben méchant, Brenda. Rien que tu sais pas déjà.

— Mais j'suis même pas retournée avec !

J'étais furieuse. Donald savait qu'il avait fait une méga gaffe. Il voulait se faire de l'argent sur mon dos, c'était inacceptable. Tant mieux si Lady a gagné le bet.

— M'as ramasser le bill pour me faire pardonner, OK ? Pis on en parle pus après.

— Je m'en commande un autre, debord ! a crié Lady en levant sa Coors light.

Tout le monde est parti à rire, sauf moi. Et Denise. Elle n'avait pas terminé avec ses bémols.

— J'pense que tu dois des excuses à Lady avec, Donald.

Denise se mesurait à Donal de nouveau ou je rêvais ? On n'arrête pas le progrès.

— Bon ! Un' autre affaire, astheure !

Donald se faisait placarder. C'était réellement le début d'une nouvelle ère.

— Tu disais à tout le monde qu'elle avait volé le change ! Tu disais qu'a l'aurait pas sa job à' Régie des alcools à cause du change qu'a mettait dans son lit !

Le regard que Lady a lancé à Donald.

— J'faisais rien que des blagues, Lady !

— C'est quoi l'affaire du change dans mon litte ?

C'est vrai que Denise avait lancé ça un peu n'importe comment, l'histoire du change. Lady ne comprenait rien. C'était catastrophique.

— Y a-tu quelqu'un qui va m'expliquer c'est quoi l'affaire du change, calvaire ?

L'atmosphère a refroidi d'un seul coup. Lady ne célébrait plus, elle voulait condamner Donald qui, lui, s'est mis à pleurnicher sous prétexte que son ami Greg, mort du sida vingt ans plus tôt, lui manquait. On ne savait plus où se mettre. Donald cherchait la pitié, espérant que Lady n'insiste pas et qu'elle le prenne dans ses bras comme un petit raton abandonné.

— Ça va passer pour cette fois-là, ta maudite langue sale, mais c'est la dernière fois que tu me dis des choses de même dans l'dos. J'suis pas une voleuse !

Quand j'y pense, Donald était peut-être juste jaloux, lui qui continuait sa même petite vie insipide et qui n'avait rien de concret à célébrer. Il sanglotait, marmonnait des excuses à peine perceptibles, des « j'ai pas fait par exprès » et des « les deuils sont difficiles » entre deux gros soupirs, nous promettant à toutes les trois d'avoir à l'avenir une parole impeccable. Quel bon comédien ! Donald a raté sa vocation.

— J'me suis inscrite à une formation en esthétique.

Fallait bien que j'annonce ma bonne nouvelle, moi aussi. J'attendais que tout le monde soit silencieux pour qu'on m'écoute. Donald était à terre, il n'y avait pas de meilleur moment pour prendre la parole. Et je n'avais pas envie de le regarder jouer la comédie toute la soirée. Fallait changer de sujet.

—Tu vas épiler des plotes? m'a lancé Donald en riant.

La parole impeccable avait sacré le camp pas mal vite. Donald passait un peu trop vite des pleurs au rire à mon goût.

— Ferme ta gueule, pour une fois!

C'était la première fois que je me fâchais contre Donald. Ma vie commençait pour de vrai, comme je la voulais, il n'y avait plus aucun doute.

— OK, OK... M'excuse. Est-tait trop facile. C'est à cause que je catche pas... cosméticienne ou esthéticienne, c'est pas échanger quatre trente sous pour une piastre?

Donald a toujours été incapable d'être heureux pour les autres.

— Les trente sous que Lady avait de collé sur ses grosses fesses moites après avoir baisé dans le change avec Guy?

Et c'était reparti.

Je me suis confortablement installée au fond de la banquette et j'ai savouré mon cocktail en regardant le pauvre Donald se faire massacrer par les Double-D. Cette fois, j'allais le laisser se noyer, même si cela impliquait de le regarder patauger dans ses excuses pour le reste de la soirée. Pas besoin d'attention puisque je n'ai plus rien à prouver à personne. Je pouvais admirer le spectacle en grignotant des antipasti et en buvant des Cosmo payés par Donald. Dalaï Lady avait raison, il fallait sortir les déchets par la porte d'en arrière.

Kevin avait l'air ultra stressé. Les lundis matin sont toujours angoissants, mais ce jour-là l'atmosphère était terrorisante. Le gérant défilait dans les rangées comme un loup affamé, à la recherche d'une proie. D'une victime à égorger. Je le regardais, effrayée, en espérant qu'il ne s'approche pas trop près de mon comptoir.

Peut-être qu'on avait décidé de retirer le concours du pot de billes du calendrier des événements spéciaux de la pharmacie.

Sandra est venue m'avertir du danger : Kevin l'avait engueulée pendant dix bonnes minutes parce qu'elle avait punché à dix heures *et trois.* « Je l'ai jamais vu aussi furieux même si y est toujours pas mal enragé. » La tension était forte. Parce que la haute direction devait envoyer quelqu'un pour une inspection, et Kevin ignorait qui avait été assigné à sa pharmacie. Un inspecteur mystère. Pour gagner des points, il avait taillé ses cheveux et s'était parfumé. Sandra riait : « *Come on !* Y pense-tu vraiment que son dégradé pis son eau de toilette de marde va changer de quoi ? » Je craignais bien que oui.

Le gardien de sécurité m'a donné une petite boîte de Smarties, en cachette, en me faisant un clin d'œil. Il cherchait sans doute à détendre l'atmosphère. Malheureusement, Kevin a tout vu.

— On mange pas devant les clients !

— Mais y a pas de clients devant moi !

— Y-a-tout-le-temps-des-clients ! Pis les clients, eux, y rentrent-tu chez vous pour manger devant toi ? Non, y font pas ça, facque pourquoi tu le ferais, toi ?

Des fois, je me demande si les âneries qui sortent de la bouche de Kevin sont en fait des tactiques pour déstabiliser l'adversaire ou s'il est juste ultra cave.

— Mais je l'ai même pas ouvert, la boîte de Smarties !

— Fait rien ! T'allais l'ouvrir ! Pis je veux aucun amourachage entre les employés, je l'ai déjà dit !

— Tu veux pas d'esprit d'équipe non plus !

— Brenda Bouchard, un mot de plusse, pis je te suspends !

Je le déteste.

Kevin a dit ça juste parce qu'il ne savait plus quoi répondre. Il a joué sa carte de gérant, fidèle à son habitude. Il gratte toujours dans les craintes des employés pour gagner un argument, personne n'a envie d'une suspension avec un salaire aussi minable. Mais moi, je m'en foutais. Une suspension me donnerait le coup de pied au cul qu'il me faut pour me trouver un autre emploi. Et il y en a plein, des emplois plus agréables que le mien. Je le sais, j'ai commencé à magasiner, pour le fun, pour voir ce qu'il y avait de disponible sur le marché. Avec l'expérience que j'ai, je pourrais aller vendre du maquillage chez La Baie.

J'ai rangé la petite boîte de Smarties dans le tiroir des employés, devant Kevin, pour ensuite aller mettre de l'ordre dans les rangées. Je fais souvent ça lorsque Kevin se plante devant moi pour me faire peur. Fuir. Pour ordonner tous les produits, repérer les items déposés au mauvais endroit par les clients ou les commis trop paresseux, aligner les becs de tous les vaporisateurs vers l'est, comme l'exige Kevin, en les disposant à distance égale puis, enfin, désinfecter la machine qui mesure la pression artérielle. Une fois le tout terminé, je retourne à mon poste en souriant.

C'est là que je l'ai aperçu. Kevin. Il grignotait en hypocrite une barre tendre dans la sixième rangée, la rangée « F pour femme », celle des tampons et des capsules de Probaclac. J'ai lancé un « On mange pas devant les clients ! » assez fort pour que tous les employés entendent. Ça l'a embarrassé, mais je ne lui ai pas laissé le temps de réagir, j'ai pris la fuite vers mon poste en riant, trop fière de moi. Un gérant doit montrer l'exemple.

J'ai vraiment dû le contrarier. Kevin a pris l'interphone dans le but de m'humilier : « Marie-Brenda-Rose, s'il vous plaît, quel que soit votre nom aujourd'hui, venir me rejoindre au comptoir des ordonnances. Im-mé-di-a-te-ment. »

Jc l'aurais tué de mes propres mains si je ne m'étais pas fait faire, la veille, une belle manucure jaune serin. Je n'avais pas le choix d'obéir.

Quand je suis arrivée au comptoir des ordonnances, Kevin indiquait en silence la table en bois qui traîne au milieu de l'aire d'attente, la table sur laquelle on dépose les revues à l'usage des clients qui attendent leurs médicaments. Un commis est monté dessus, il y a environ un mois, pour changer une ampoule au plafond, et la table a craqué. Le commis est plutôt simple d'esprit. Embarrassé, il a essayé de réparer la table avec du gros ruban adhésif, mais ce n'était pas très réussi.

La haute direction n'a pas voulu remplacer la table puisque l'incident a été causé par un employé de la pharmacie et non par un client. Kevin devait donc utiliser le budget de la succursale s'il voulait la faire réparer, et ça le mettait hors de lui. D'autant plus que le règlement lui interdisait de retirer l'argent du salaire du commis.

— Prends de la Krazy Glue, de la colle à bois de charpentier ou de la ce-que-tu-veux, mais arrange-toi pour que ça paraisse pas que la table est pétée ! C'tu clair ?

Je ne suis pas menuisière ni ébéniste, et réparer l'ameublement de la succursale ne fait pas partie de mes tâches ni de mes responsabilités. Je refusais de le laisser gagner.

— Je collerai pas ta maudite table parce que je démissionne.

J'ai dit ça d'une voix calme et posée, je me suis surprise moi-même. Un coup de tête, évidemment, mais j'avais besoin d'un coup de tête réfléchi comme celui-là pour changer ma vie. Je risquais d'être encore ici dans dix ans sinon, et je refusais d'être entourée de morons trente secondes de plus.

J'ai regardé Kevin droit dans les yeux, un bon cinq secondes, et j'ai tourné les talons.

— Tu laisses ton *nametag* pis ton uniforme ici ! C'est la propriété de la pharmacie !

Je suis montée au vestiaire, sans me retourner. Les parasites, il faut les ignorer. Donald me l'a souvent dit. J'allais puncher, ramasser mes effets personnels qui traînent dans mon casier depuis presque quinze ans, et m'en aller pour de bon sans rien ajouter.

Kevin m'a suivie pour s'assurer que je ne volais rien.

— Ton *nametag* pis ton uniforme, Brenda Bouchard !

— Je peux-tu me changer en paix sans que tu reluques mon cul ?

Je savais que, si je disais ça, Kevin disparaîtrait en vitesse. La politique anti-harcèlement est très sévère à la pharmacie. Kevin n'oserait jamais poser la main sur moi, pas même pour récupérer son *nametag*.

Je suis redescendue calmement, toujours vêtue de mon uniforme. Je comptais sortir de la pharmacie avec mon *nametag* « Brenda » et ne jamais le lui redonner. J'étais une gagnante et je l'assumais. Kevin devait le comprendre, les autres aussi. Je lui ai lancé un regard débordant de dégoût et de mépris avant d'enfoncer le dernier clou dans son cercueil : « C'est-tu parce que ta grosse femme te maltraite que t'es cave de même avec tout le monde ? » L'air qu'il avait répondait à ma question.

Sandra a éclaté de rire, mais je préférais ne pas réagir. Je n'avais besoin de l'approbation de personne dans mes propos. Je suis partie après avoir ramassé ma petite boîte de Smarties dans le tiroir des employés, que j'ai pris soin d'ouvrir devant les clients pour m'en mettre plein la bouche. Sandra était derrière Kevin, les deux pouces levés bien haut. Je ne laisserai plus jamais personne se moquer de Brenda Bouchard.

Je suis sortie de la pharmacie la tête haute, c'est tout ce qui comptait. L'assurance m'allait aussi bien que mon uniforme bleu marine et blanc. Je portais fièrement mon nom. J'étais l'idole des employés de la pharmacie, c'est évident ; j'étais audacieuse et j'avais du cran. On m'admirait, on rêvait d'être à ma place. Comme j'ai longtemps rêvé d'être à la place de Jade. Les passants se retournaient sur mon passage, on jalousait ce qu'on voyait. Je marchais droit devant, le menton relevé. J'ai même détaché mes cheveux pour qu'ils bondissent au vent. Un mannequin sur son *catwalk*. Comme Suzette, mais en plus glamour. Plus besoin de personne pour m'autoriser à être qui je suis, pour m'approuver ou me rassurer. *Fuck the world !*

Je me suis arrêtée au parc, pour m'asseoir sur un banc et profiter de cet instant d'extase. J'étais encore tout ébranlée, il fallait prendre le temps de digérer ce qui venait de se passer, le tournant que ma vie prenait tout d'un coup. Je me concentrais sur moi. Sur ma respiration. J'avais l'impression de respirer plus profondément que d'habitude, comme si je m'étais toujours interdit d'inspirer à pleins poumons. Et mes yeux. Les rayons du soleil m'éblouissaient, le ciel semblait encore plus haut et plus bleu. Les oiseaux ne chantaient plus que pour moi, l'odeur des fleurs me taquinait les narines, tout comme la brise, mon visage. Tout me semblait différent.

J'ai envoyé un message texte à Denise, pour lui annoncer la bonne nouvelle. Sandra lui avait peut-être déjà tout raconté, mais je voulais lui dire de ne surtout pas s'inquiéter. C'était la meilleure décision que j'avais prise de toute ma vie. J'étais désolée de ne pas avoir pris le temps de descendre au sous-sol, pour la saluer, mais tout s'était passé si vite. Et, pour une fois, je n'avais rien planifié.

Je cherchais ma passe d'autobus dans le bordel de ma sacoche quand j'ai vu le biscuit chinois acheté au café après ma rencontre avec Denise. Je l'avais complètement oublié. Il n'y avait pas de meilleur moment pour le déballer. J'ai attendu un instant avant de l'ouvrir, comme pour augmenter l'importance de son message, puis j'ai lu à voix haute ce que les Chinois avaient à me dire. *Quand la chance frappe à la porte, ouvrez-la.* J'avais envie d'appeler Denise tant le message était génial. Même si je ne savais pas comment s'ouvrait la chance.

Je me suis étendue sur le banc, de tout mon long, au milieu de la nature et de tous ces gens qui me contemplaient. C'était le plus beau jour de ma vie. Le premier jour du reste de ma vie super cool de Brenda. Je suis restée comme ça environ trente minutes, le sourire aux lèvres et les yeux fermés. Je savourais ma vie et la chance que je venais d'ouvrir. Je n'étais pas pressée. Et, juste avant de me relever pour rentrer à la maison, un oiseau est passé au-dessus de moi en laissant tomber un onctueux caca sur mon *nametag.* J'étais bénie.

Chapitre VI

L'homme d'une beauté incroyable a suivi Cassandra à l'extérieur de la boutique, abandonnant à la caisse les maillots qu'il s'apprêtait à acheter. Il a essayé d'attirer son attention, mais elle préférait l'ignorer, feignant de ne pas l'avoir remarqué. C'était plus simple ainsi.

Une fois à l'extérieur, sur le sable blond et doré, Cassandra se mit à courir aussi vite que possible, telle une gazelle blessée poursuivie par un lion. Elle désirait à tout prix fuir une nouvelle humiliation.

Cassandra trouvait cet homme magnifique, ce qui rendait sa fuite encore plus douloureuse. Impossible de ne pas le remarquer avec ses cheveux blonds et bouclés, son teint caramel terriblement désirable et ses yeux d'un bleu si pur qu'on voudrait y plonger pour l'éternité… Elle rêvait de son corps ferme sous sa chemise de lin blanc, légèrement déboutonnée, et son jeans négligé. Elle imaginait son étreinte envoûtante, elle en fondait déjà. Mais la voix de son ex-mari la ramenait toujours à la réalité : « Tu ne crois tout de même pas qu'il s'intéressera à toi, avec tes deux gros jambons bien gras ? »

La température était clémente, quelques nuages dansaient dans le ciel azur et les palmiers se balançaient futilement au rythme du vent chaud d'Hawaï.

Cassandra s'arrêta enfin et s'écroula au pied d'une tour de sauveteur, à bout de souffle, et pleura à chaudes larmes en maudissant la vie ; son ex-mari avait été si cruel, c'était injuste. Jamais elle ne guérirait de la profonde blessure qu'il lui avait infligée.

— Pourquoi pleurez-vous, Cassandra ?

Une voix suave l'a surprise. C'était l'homme d'une beauté incroyable et il connaissait son nom. Son cœur se mit à battre si fort… elle voulut se réfugier dans le creux de ses bras.

— Comment connaissez-vous mon nom ? sanglota Cassandra, les mains cachant ses yeux rouges et gonflés par les larmes.

— Je vous ai vue au *beach party* annuel de l'hôtel de ville de Honolulu, jamais je n'oublierai cet instant. Vous étiez si belle avec votre petite salopette courte en jeans et votre joli haut de bikini fleuri, les cheveux remontés en chignon. Mais je vous ai perdue de vue, dans la foule, je vous ai cherchée toute la soirée. Vous ne sembliez être nulle part…

Cassandra était émue. Cet homme l'avait vue en salopette courte et voulait la revoir. Sans doute n'avait-il pas remarqué ses cuisses.

La voyant silencieuse, l'homme enchaîna aussitôt :

— Dans les jours suivant le *beach party*, j'étais heureux de vous apercevoir sur la plage privée de l'hôtel, dans votre joli uniforme rose, alors je me suis informé auprès de vos collègues. Dites-moi, pourquoi êtes-vous triste, Cassandra ?

— Je ne veux plus vivre ici, c'est trop dur. Je souhaite déménager en Alaska pour couvrir mes cuisses à tout jamais. Mon ex-mari m'avait prévenue : jamais je ne trouverai l'amour avec des cuisses aussi énormes. La vie est cruelle !

Cassandra se remit à pleurer de plus belle.

L'homme posa alors une main sur sa cuisse :

— Ne soyez pas si dure avec vous. Votre ex-mari est un homme cruel et malheureux. Vous êtes la plus belle créature que j'aie vue de toute ma vie.

Cassandra ne croyait pas ce qu'elle était en train de vivre. Elle se pinça, trop habituée à rêver à l'homme de sa vie. Cette fois, l'homme était bien réel.

— Vous croyez sincèrement que je suis jolie ?

L'homme la regardait passionnément en se mordillant la lèvre inférieure. Elle rougit.

— Vous n'avez pas d'égale, Cassandra, pas même sur la plage d'Hawaï. Moi, par contre, j'ai dix affreux orteils qui se tortillent même lorsqu'ils sont au repos. Voudriez-vous tout de même sortir avec moi ?

Cassandra rit de bon cœur et rougit de plus belle.

— J'ai toujours rêvé d'une femme aussi belle et modeste que vous, avec des cuisses aussi désirables et un nom si mélodieux… Cassandra.

Cassandra était incapable de prononcer un seul mot. Elle le regardait émerveillée, le cœur battant. L'homme s'approcha doucement de son visage et, avant de l'embrasser, lui souffla à l'oreille : « Cassandra… Je vous ai cherchée toute ma vie. »

REMERCIEMENTS

Je remercie de tout cœur Jean Barbe d'avoir cru en moi et à mes idées de roman. Merci de ta précieuse collaboration, du temps et de l'énergie consacrés à mes projets d'écriture. On n'oublie jamais la personne qui nous donne sa première chancc.

Un méga merci à mon amie Marie Larocque de m'avoir appris plein d'affaires le fun, comme la possibilité de prendre une douche en lavant ses vêtements ou d'élire domicile n'importe où, même dans un autobus ou un hangar. Je garde d'excellents souvenirs de nos soirées d'apéro-écriture dans la cuisine de la « terrasse Guidoune » et dans la cour des Valcour.

C'est tout un honneur d'avoir travaillé avec vous deux.

Merci aux lecteurs du manuscrit de *Bénie soit Brenda*: mon mari Marcus Hildebrandt, mon BFF Pierre Giroux, ma fidèle André-e Giroux et ma chère Hélène Felton. Merci d'avoir pris le temps de lire, de commenter et d'embellir les péripéties de la valeureuse Brenda. Chacun de vos commentaires a apporté de belles avancées à l'histoire.

Merci à mes deux grandes amies et lectrices de tous les jours, Élodie Bilodeau et Émilie Valentin, de lire et d'annoter tous mes textes, manuscrits, poèmes, messages textes, courriels… Votre amitié est très précieuse. Je nous souhaite encore plusieurs dizaines d'années de divertissement, partout où la vie nous mènera, de la rue Louis-Pasteur jusque dans le ridicule de Poudrine.

Merci à Marie Bernier, Marie-Josée Brissette, Christina Chevalier, François Desmeules, Justine Guérin, Pierre Hédé, Anne Loiselle, Mathieu Maheu, Patrick Robitaille et toute sa famille, Céline Pelletier, Jacinthe Piché et Nadine Samuel d'avoir apporté quelque chose à ce roman ; un détail, une nuance, une étincelle… Vous êtes tous bien *blood.*

Merci à ma famille : mon père et ma mère pour leur soutien et leur amour inconditionnel ; J.-F., Amélie, Douale et Lutin pour leur contribution au Fantasy Land ; Murielle, Bruno, Josée, Judith, Olivier, Francis et Fuji pour n'être jamais bien loin. Je ne vous échangerais pour rien au monde, pas même pour une caisse de Francis Coppola Claret ni un rumsteck du Café Cherrier.

Merci à mon clan : Alie, Jules et Marcus Hildebrandt, de votre présence, votre amour et votre affection ; notre famille est un endroit formidable pour écrire, créer, inventer, rêver… et mettre sur papier de formidables histoires comme celle de Brenda Bouchard. Vous êtes une grande source de motivation et d'inspiration, et je vous aime infinitellement.

Enfin, merci à tous mes lecteurs. J'apprécie profondément chaque personne qui lira et partagera ce roman. Sans vous, Brenda ne serait pas bénie.

TABLE

Achevé d'imprimer en août 2018
sur les presses de
Marquis imprimeur

ÉD. 01/ IMP. 01
Dépôt légal : 3e trimestre 2018

Imprimé au Canada